JN249731

SHY NOVELS

少年は神の国に棲まう

夜光花

イラスト 奈良千春

CONTENTS

少年は
神の
国に棲まう

1 もう一人の私

Another I

閉じ込められた場所は日の差さない陰気な部屋だった。

海老原翠(えびはらみどり)の人生において、窓一つなく暗くて寒い部屋に閉じ込められた記憶はない。最初は訳が分からず怯(おび)え、唯一あった小さな穴に向かって助けを求めた。

意識を失う前、自分の経営するワインバー『絆(きずな)』の地下にいた。翠は客と談笑し、追加の注文を受けてワインセラーにビンテージワインを取りに下りた。その時、不可思議な出来事が起きたのだ。床に魔方陣が浮かび上がり、その中心から自分そっくりの女性が現れた。

彼女の名前はモルガン。

息子である海老原樹里(じゅり)から聞かされていた、キャメロット王国に呪いをかけた魔女だ。目を見た瞬間、翠にはそれが分かった。自分と瓜二つの顔でありながら、ゾッとする冷たい空気を持った女性――モルガンは翠を異世界に無理やり連れてきた。くらくらするほどの眩(まばゆ)い光を浴び、高い場所から落下するような衝撃を感じ、意識を失った。

目覚めた時、この牢獄(ろうごく)にいた。

四方は石の壁で、天井は高く、窓はない。分厚い石で造った箱に閉じ込められたようだ。かろうじて外と繋がるのは腰の高さにある小さな穴だった。穴はせいぜい十センチ四方で、唯一外の世界を垣間見れる。

だが、そこで疑問が湧く。

——一体、自分はどうやって、この牢獄に入れられたのだろう？

穴は小さく、どうあがいても翠は通り抜けられない。いくら翠が細身でも、この大きさでは腕くらいしか通らない。

疑問は他にもある。この建物はどこにあるのだろう？

穴から外を覗いても、だだっ広い石の床が見えるだけなのだ。壁がまったく見えない。まるで砂漠にぽつんと石造りの箱が置かれているみたいだ。そのうえ外の風景が日によって変化するのだ。

ある日は木造の廊下や壁が現れ、またある日は鋼鉄でできた牢屋が並んでいた。穴から見える風景が日によって変化するなんて、常識では考えられない。

そして最大の疑問は——翠は床に寝転がってため息をこぼした。

ここに来てから、翠は一度も食事をしていない。排泄もしていないし、睡眠もとっていない。それなのに、身体に異常は起きていない。腹も減らなければ、咽が渇くこともない。眠くもないし、トイレも必要ない。

こんな尋常ではないことがあるだろうか。自分はとっくに死んでいて、幽体となってこの場を彷徨っているみたいだ。

（息子がアーサー王と恋仲になったと聞いた時、もうこれ以上驚くことなんてないと思っていたけど……）

天井を見上げながら、翠は再びため息をこぼした。

（これはびっくりを通り越したわね。私って……ふつうじゃなかったんだわ）

翠はモルガンと魂分け（たまわ）をした存在だという。魔女モルガンが、自分が万が一殺された際にすぐ生き返ることができるように術を施したそうだ。ふつうなら一笑に付す内容だが、翠はそれが真実であると悟った。愛する夫が死ぬ前に言っていたこととほとんど同じだったからだ。

自分は魔女モルガンの一部であり、本来なら生まれるはずのなかった存在。たとえそうだとしても、それを受け入れるかどうかは翠次第だ。

（モルガンだかなんだか知らないけど、私には私の人生があるわ。私がふつうじゃなくても、この際関係ない。ともかくここを出なくちゃ）

翠は起き上がって穴を覗き込んだ。今日の風景は、土と石でできた暗い廊下だ。

「誰か助けてー!!　誰もいないの⁉」

翠は大声を上げた。自分の声だけが虚しく響き渡る。ここに閉じ込められて何日経ったか覚えていないが、今日も叫ぶだけで終わるのかと諦（あきら）めかけた時だ。

ひたひたと足音が聞こえた。それにぼんやりとした明かりが近づいてくる。

とっさにモルガンが来たのかと思い、翠は鼓動を速めた。モルガンは人質にすると言って翠を異世界に連れてきた。自分を人質にして意味がある相手といえば、樹里以外考えられない。親として一人息子の幸せを願っている身としては、人質になって息子を苦しめるなんて言語道断だ。モルガンが来たら、今度こそ思い切り抵抗してやると翠は身構えた。

けれどやってきた人物はモルガンではなかった。

黒いマントに身をやつし、人目を忍ぶようなそぶりで来たのは、若い男だった。

フードの下から緑色の瞳が現れ、どこか畏(おそ)れるように翠を見つめてくる。亡き夫である寧(ねい)の面影があって、翠は彼がモルガンの息子だと直感した。マーリンの顔は知っているので、ここにいる息子といえばガルダだろう。

「ガルダ？　あなた、ガルダね？」

翠は近づいてきた男に声をかけた。男の足がびくりと止まり、躊躇(ちゅうちょ)したようにうつむく。ガルダはしばし考えた後に、歩みを進めてきた。

「樹里から聞いている。ガルダ、私をここから逃がして」

翠は穴から手を伸ばし、小声で訴えた。大きな声を上げたらモルガンが来るかもしれない。モルガンがどこにいるか分からないし、この建物の構造も分からないが、ガルダこそが唯一自分を助けられる存在だと直感していた。案の定、ガルダはすっと膝をつくと、穴から翠を覗き込んできた。翠がすがるように見つめると、ガルダは何故か頬を紅潮させ、手を伸ばしてきた。

「あなたが……あなたが……」

ガルダは翠の手を握り、唇を震わせた。握った手の熱さに驚き、翠は困惑してガルダを見た。ガルダは苦痛に顔を歪ませ、息は乱れ、身体は小刻みに震えていた。ガルダの苦しげな様子が気になり、翠は不安になった。

「大丈夫？」

翠の声にハッとしたガルダが手を離す。

「……あなたはまるで夢に描いた母親像そのものです。こうして見るまで信じられなかった。あなたが母上の一部であるということが」

懸命に耳を澄まさなければ聞き取れないほどの小声でガルダは話す。

「私は母上を裏切れない。だからあなたを逃がすことはできません。母上はたくさんの人に裏切られすぎて、ああなってしまったのです。これ以上母上を傷つけることはできない。それに、そもそも私にはここからあなたを連れ出す方法が分かりません」

つらそうに話すガルダを見て、翠は胸が痛くなった。樹里から聞いた話ではモルガンは冷酷で恐ろしい魔女だ。けれど、息子であるガルダは彼女に愛情を持っている。

「手を」

翠は無意識のうちに手を差し出していた。ガルダが戸惑った様子で、再び翠の手のひらに手を重ねる。

「私がモルガンと同じ魂を持っているなら、あなたは私の息子でもあるのね」

ガルダの手を優しく握り、翠は囁(ささや)いた。ガルダの目が一瞬潤んだように光った。

「ここは孤独で死にそうだわ。せめて、時々でもいい。会いに来て」

翠はガルダの目を見つめ、声に愛情を込めた。ガルダの首が縦に振られるのを見て、かすかな後ろめたさを覚える。長い間客商売をしてきた翠には、ガルダが肉親の愛情に飢えていることがすぐに見て取れた。この青年の心の隙につけいることで、活路を見出せないかと翠は考えたのだ。ここに閉じ込められてから、一度として人が来たためしがない。ガルダだけが希望の星だ。

「ええ、ええ……!!」

思った通り、ガルダの声に力が入った。

ガルダは名残(なごり)惜(お)しげに翠を見つめ、やがて去っていった。どうにかしてモルガンの魔の手から逃げ出さなければならない。そのためなら何でもする。翠はそう決めた。


ガルダはモルガンの目を盗んで足しげく翠の元を訪れた。一人きりで狭い部屋に閉じ込められていると発狂しそうだったので、ガルダの訪問は翠にとって救いだった。

ガルダは寧との思い出をいくつか語ってくれたが、物心つく前の話なのでたいした記憶は残っていないようだった。寧は夫としてずっと翠の傍にいた。その間、ガルダたちから父親を取り上げていたことを翠は申し訳なく思った。

ガルダとの会話から、この城のこともいくらか聞き出せた。

この城はモルガンの魔術で生み出されたものらしく、日によって形を変える。モルガンの感情一つで華やかな城にも惨(みじ)めな牢獄にもなるのだそうだ。翠が閉じ込められている部屋の構造は複雑で、ガルダにもどうなっているか分からないと言っていた。

「けれどあなたは母上の魂の一部です。あなたも魔術を使えるのでは？」

ガルダが何げなく発した言葉に翠は胸がざわめいた。

生まれてこの方、魔術を使ったこともなければ、使おうと考えたことさえない。勘はいいほうだと思うが、モルガンのように無から有を生み出す方法など知らない。

「樹里様は……あなたの息子は、瀕死(ひんし)の者を生き返らせる力があります。あなたにも何か力があるのではないでしょうか」

ガルダはことさら小さな声でそう言った。

「これは母上には話していないことですが」

思いつめたようにガルダが吐露する。

「あなたの息子はどんな困難をも切り抜ける力を持っています。母上の放った毒を受けたはずなのに今も生きている。何か不思議な力を持っているとしか考えようがありません」

ガルダは感慨深い声音で言った。樹里がこの世界でがんばっているのは翠にとってても嬉しいことだ。だけど毒を受けたなんて大丈夫なのだろうか。

一人になって魔術が使えるかとためしにいろいろと念じてみたが、徒労に終わった。

このままこの狭い部屋の中で正気を保っていられるのか、不安で仕方ない。異常な自分の身体や孤独な時間、この先に何をされるかという恐怖。考え始めると、恐ろしくて手足が震える。

自分を正常に保ってくれるガルダの訪問を待ち望んでいると、コツコツという石造りの床を歩いてくる音が聞こえた。足音からガルダではないとすぐに分かった。

怯えながら穴を覗くと、黒い身体にぴったりとしたドレスをまとったモルガンだった。

「……ガルダでなくて残念だねぇ」

モルガンは何もかもお見通しと言わんばかりの笑みを浮かべた。

「私を閉じ込めてどうするつもり？」

翠は深呼吸して、強い口調で言った。目の前にいるのが自分だというのなら、気迫で負けるわけにはいかない。

「お前には関係ないことさ。それよりも……ずいぶんとガルダに取り入ったようじゃないか」

モルガンは唇の端を吊り上げて笑った。と、思ったのも束の間、次の瞬間には目の前に現れた。

翠はびっくりして後ずさりした。穴以外、外に通じる入り口も出口もないのに、壁などなかったかのようにモルガンはすっと入ってきたのだ。思わず壁に手を当ててみたが、固くて抜け出せるとは思えない。

「お前は私の一部であるのに、聖女面して気に食わない。私は今でも疑問に思っているのだよ。お前は私のはずなのに、どうしてネイマーはお前を選んだのか」

モルガンの氷のように冷たい眼差しが翠を見下ろした。翠はよろけながら立ち上がり、拳を握った。

「私を殴り倒すつもりかい？　無駄なあがきだよ。お前の考えていることなど、私にはすぐ分かる」

翠は飛び出しかけた身体を強張らせた。モルガンの言う通り、今、翠はモルガンに飛びかかって殴り倒そうとした。

「お前が聖女面しているのは、お前に私の記憶がないからだね。私の受けた絶望、苦しみ、痛みをお前も知るがいい」

モルガンはそう言うなり、翠の頭を両手で鷲掴みにした。あまりにもその力が強くて、痛くて、翠はもがいて逃れようとした。けれどモルガンは恐ろしい力で翠の頭を拘束し、口から白い煙を吐き出した。それは翠の鼻腔や口、耳から身体の中へと入ってくる。

「うう……っ、ぐ、うぁあああ……っ‼」

白い煙が全身に浸透していくと、耐えがたい痛みに襲われた。全身を強打し、骨がすべて砕け散ったかのようだった。激しい苦痛に涙が流れ、目は充血し、呼吸は荒くなった。翠は四肢を痙攣させてのたうち回った。それでもモルガンが頭を摑んでいたので、苦しみは一向に消えなかった。

そして——大量の記憶が脳に流れ込んできた。

シーサー王との関係、裏切られた記憶、神官から受けたひどい仕打ち、人々からの迫害、追われるようにエウリケ山にこもり、隠者のネイマーと出会った。ネイマーとの穏やかな時間は短いものだった。モルガンの記憶の大半を占めていたのは、キャメロット王家に対する憎悪。モルガンは王家を滅ぼし、キャメロット王国を乗っ取ることを決意する。その大きな決断を後押ししたのは——。

「私はシーサー王と結婚するはずだった。けれど当時の神官が、それは国を滅ぼすことであると進言して止めた。シーサー王は私を捨て、貴族の娘と……。神官は私を王都から追い出すために、私を悪い魔女と言いふらした。私は王都中の人間から迫害された。あの時の苦しみは、生涯忘れぬ。私を王都から追いやった神官が言ったのだ。のちの代の王——アーサー・ペンドラゴンは大陸を支配する王になると。私にはそれがどうしても許せなかった。私を捨てた王家の者が栄えていくことなど、絶対に許さない」

モルガンはようやく翠から手を離した。翠は脱力して床に倒れた。痛みは耐えず続いていた。精神的にも肉体的にも。モルガンの記憶を共有したことで、翠の心にも絶望と怒り、憎しみが湧いてきた。これは自分の記憶ではないと必死に言い聞かせようとしても、それを上回る激しさで新たな記憶の渦に巻き込まれる。

「私がキャメロット王国に呪いをかけた理由がお前にも理解できただろう？　この国の者を外に出さぬようにした理由が。アーサーを大陸の王になどさせぬ。アーサーを滅ぼし、キャメロット王国は私が支配する。これは誰にも明かしたことはない、真の理由だ」

モルガンは膝をついて翠の顎を持ち上げた。翠はうつろな眼差しでモルガンを見上げた。

モルガンの記憶は、まるで自分が体験したかのような生々しさで翠に沁み込んだ。アーサー王への憎しみや、キャメロットの民に対する怒り、鉄のように固い復讐の決意が湧いてくる。

「アーサーを……殺す」

翠は無意識のうちに呟いていた。

「そうさ。憎いアーサーを殺すのだ。私の息子を殺し、長男をも裏切らせた男……、危険な男だ。樹里の腹の子もろとも、葬らねば」

モルガンは優しく翠を抱きしめ、耳元で囁いた。

樹里、という名前に翠の指先がピクリと動いた。樹里——その名前を聞くと胸が熱くなり、心がざわめく。いや、奴は裏切り者。敵となった者。……本当に？　この腕に抱かれていた可愛い男の子の姿は？　違う、あれは偽の記憶。そうだったの？　待って、私には愛する息子がいたはずー—頭の中で別々の声がせめぎ合う。どちらの記憶が真実か分からなくなる。私は海老原翠——いいえ、魔女モルガン。私の夫は寧で……いいえ、ネイマーで……。

「う、う、う……」

翠は混乱して頭を抱えて唸った。

「お前は私なのだよ。さぁ、一緒に憎い敵を滅ぼすのだ」

翠の顔をひと撫でして、モルガンは歌い始めた。歌声は翠の心を穏やかにした。かつての記憶はどこかへ消え去り、モルガンと共有する記憶だけが確かなものとして残った。

「敵を……滅ぼす。アーサーを……樹里を、殺す」

翠は涙を拭いて顔を上げた。翠の目から揺らぎは消えていた。しっかりとモルガンを見返し、今まで苦しんでいたのが嘘のようにすっくと立ち上がった。

「それでいい」

モルガンは翠の手をとり、あでやかに微笑んだ。

2 時渡りの術

The Magic of Crossing the Time

海老原樹里(えびはらじゅり)はぷるぷる震える左手で、羊皮紙に文字を綴(つづ)った。

数行書いた時点でインクの染(し)みがぽとりと落ちて、ショックを受けて固まる。

「またやり直しかよ！　もううんざりだよ！」

癇癪(かんしゃく)を起こして樹里は持っていたペンを壁に投げつけた。左手で文字を書く練習を始めたのは三日前だ。動かない右腕を庇いながら、必死に下手くそな文字を書き連ねていた。利(き)き手(て)である右手で書いていた時も下手だと言われていたのに、慣れない左手で文字を書いて上手くいくはずがない。しかも文字はキャメロット王国に伝わる特別な文字。従者であるサンの文字を真似ているが、みみずがのたくっているようにしか見えない。

「樹里様、だから僕が代わりに書くって言ってるじゃないですか。お礼状なんて、読むほうはもらえば満足で、誰が書いたかなんてたいして気にしないんですから」

床に落ちたペンを拾い、小柄な男の子がやれやれと首を振る。樹里の従者であるサンは、日に焼けた健康的な肌色をした十一歳の少年だ。今日は生成りのシャツに麻のズボンというラフな格好だ。樹里も似たような出で立ちで、春真っ盛りのこの国では、ちょうどいい。

樹里が座っているテーブルには何枚もの羊皮紙が無造作に置かれている。樹里に宛てて見舞いの品を贈ってきた相手にお礼状をしたためていたのだ。まだ三枚しか書き上がっていない。このままではストレスで爆発しそうだ。

「僕が言うのもなんですけど、右腕が無事だったらよかったのに」

サンが憐れむような眼差しで樹里の右腕を見る。

樹里は言うことを聞かない右腕を見て、ぐっと唇を噛みしめた。

「お前には迷惑かけてるよなぁ……」

着替えのたびに手伝ってもらっていることを思い返し、樹里は申し訳なく思った。とはいえ、この右腕だけですんだのは有り難く思わなければならない。何しろ、先月は生死のはざまにいたからだ。

樹里はカムラン村での出来事を思い返し、身を引き締めた。

樹里は日本で生まれ育ったふつうの男子高校生だった。

その樹里がふつうでなくなったのは、魔術師マーリンが扮する中島という教師に湖に突き落とされた時からだ。樹里は異世界であるこのキャメロット王国に飛ばされて、神の子という、この国にとって欠かせない重要な人物の代理を務めることになった。最初は逃げ出そうと必死だったが、この国の王であるアーサーと出会い、恋に落ち、アーサーの子を身ごもる奇跡を果たした。

キャメロット王国には、魔女モルガンという恐ろしい敵がいる。モルガンはこの国に呪いをかけ、いずれこの国を乗っ取るつもりだ。そのために自分の息子であるマーリンとガルダ、ジュリをこの国の中枢に送り込んだ。けれどマーリンはアーサーに忠誠を誓い、ガルダは悪事が露見して王都を離れ、ジュリはアーサーの手によって討たれ、モルガンのたくらみは崩壊したかに見えた。しかしアーサーの弟であるモルドレッドがモルガンと手を組み、アーサーの命を狙った。それは樹里たちによって阻止されたが、今度は逆に樹里の命が危うくなった。

今、樹里の右腕はモルガンの毒をはらんで、自分の意思では動かせない。毒が全身に回らないように、右腕で止めてくれたのは妖精王だ。妖精王は樹里の身体の機能を止めることで、樹里の命を守ったのだ。だが、その力はもって三カ月だと言った。それまでにモルガンを倒さなければ、樹里は死ぬ運命にある。

カムラン村で九死に一生を得て、樹里たちは王都に帰還した。

アーサーは戻るなり、急ピッチで補給地を造らせている。補給地はエウリケ山の近くにあるコンラッド川の二股に分かれた場所にできる予定だ。同時に闘いに備えて武器が大量に造られ、食糧が輸送されている。来(きた)るモルガンとの闘いに向けて、キャメロット王国は一丸となって動いている最中なのだ。

樹里がアーサーの命を救ったことは騎士たちによって瞬く間(またたくま)に民に知れ渡った。感激した民たちが樹里に貢物を捧げてくれるのは嬉しいのだが、それに対してお礼状を書くだけで一日が終わってしまう。右腕の自由が利かない樹里は、生活するだけで大変な状態だ。服を着るのも手間取るし、馬には乗れなくなったし、万事において腑甲斐(ふがい)ない自分の身体にイライラする。以前は身軽に乗りこなしていた神獣にも、今やおっかなびっくり乗る始末だ。右腕が使えないだけでこんなに支障をきたすとは思わなかった。

けれど最大の問題は、そんなことではなかった。

「樹里様、水を……あっ、す、すみません」

サンが水差しを持ち上げて、申し訳なさそうに頭を下げる。

「気にしなくていいって。……ホント、気にしなくて……」

樹里は笑ってみせようとして途中で気力が萎えて、大きなため息をこぼした。

最大の問題はこれだ。――あの日、樹里は毒が身体に回り死にかけた。それを妖精王が身体の機能を一時止めるという裏技で救ってくれた。妖精王の力は偉大で、樹里は右腕が使えないこと以外、身体に痛みなどはない。けれど、それだけではすまなかった。最初はやけに腹が減らないなという程度の違和感だったのだが、時間が経つにつれ、深刻度が増した。

樹里の身体の機能が、本当に全部止まってしまったのだ。どうなっているのか分からないが、あらゆる感覚がないばかりでなく、脈拍もない。食事も受けつけなければ、排泄もない。飲み物を飲むことはできるのだが、味覚がないので変な感じがする。身体の機能を一時止められて、樹里の身体は生きる屍(しかばね)のようになった。

「妖精王に文句は言いたくないけど……、毒の進行だけを止めるとかなんとか、他になかったのかなぁ。マジで生きるのがつらい」

樹里はこの一カ月を思い返すと、悲しい思いが込み上げてきた。もちろん涙は流れないので、泣き真似しかできないのだが。

「何を言ってるんですか。贅沢ですよ！　きっとアーサー王がモルガンを倒して、樹里様の身体を治してくれます！」

樹里のぼやきにサンが目を吊り上げて怒る。一度会って以来、サンは妖精王の熱烈な信者になってしまったのだ。

「わーってるよ。ちょっと愚痴っただけだろ」

樹里は唇を尖らせてそっぽを向いた。

身体の機能が止まってしまって困ったのは、アーサーとの関係だ。アーサーとするキスやハグはまだいいのだが、セックスとなると問題だらけだった。性感帯を触られても、何も感じなくなってしまったのだ。樹里としては、アーサーがしたいならいくらでもこの身体を使っていいと思うのだが、自分だけ楽しんでもつまらないと言って、アーサーは閨での行為を控えている。一方的にアーサーに我慢を強いている今の状況が樹里にはつらい。あまり我慢させると浮気するんじゃないかと心配だし、自分の身体に嫌気が差す。

（まぁ、今はそれどころじゃないんだけどさ……）

樹里はしわしわになった羊皮紙を左手で伸ばし、目を伏せた。

モルガンを倒すため、アーサーは忙しく動き回っている。樹里が抱えている罪悪感など、とるに足らないことと言っている。

（本当は俺がアーサーとしたいってだけなんだよなぁ……）

アーサーに抱かれた時の高揚感や充足感を思い出すにつけ、またあの感覚を取り戻したいと願っている。感覚が失くなった今、余計に焦がれているのだ。

（あー、俺、色ボケしてる場合じゃないのに。クソーッ、問題は山積みなのに）

首をぶるぶるして、樹里は立ち上がった。

「ちょっと俺、マーリンとこ行ってくる」

お礼状を書くのを諦め、樹里はそう告げた。部屋の隅で寝ていた神獣のクロが耳をぴくりとしてのっそりと起き上がる。神獣のクロは、以前、樹里が家で飼っていた黒猫だ。この世界に来て銀色の大きな豹に変化した。

「僕も行きます」

「いや、サンはいい。代わりにお礼状、頼む」

サンには用事を言いつけて、樹里はクロと共に自室を出た。

モルガンを早急に倒さねばならないと知ったあの日から、時間さえあれば、樹里は母について考えている。モルガンを倒すことと母が死ぬことはイコールになっている。モルガンは魂分けという秘術を使って母を作った。モルガンを倒せるのはアーサーが持っているエクスカリバーという剣だけだが、その剣をもってしても一撃では倒せない。モルガンは自分が死にそうになった場合、自分の代わりに母の魂を犠牲にして自分が生き返るために母を作った。樹里にとって母はかけがえのない存在だ。母を死に至らしめるわけにはいかない、どんな手を使ってでも助けたい。けれど今、樹里はモルガンが死なないと生き延びることができない。心から救いたいと願っている母の命を、自分が奪うことになってしまうのだ。

何か手はないかとずっと樹里は考えていた。いい手は今のところ浮かばない。ただ一つだけ、思いついたことがあった。

マーリンは時渡りの術が使える。次元や時間を超えた世界に行くことができるのだ。その術を使って、モルガンとの闘いの日を見ることはできないのだろうか？　先に未来を知っておけば、回避できることはたくさんある。母がその時どうなっているのか、どうしても知りたい。

樹里は自分が住んでいる神殿を抜けて、王宮に足を踏み入れた。衛兵たちが敬礼して出迎える。マーリンに会いたいと言うと、地下に続く階段までつき添ってくれる。

マーリンは王宮の地下に住んでいる。木製の古びたドアに、鉄の輪っかがついた部屋だ。樹里がノックをすると、「入れ」と中から声がかかる。

「マーリン、ちょっといいか」

ドアを開けると、こもった臭いがした。奥の部屋に人の気配がする。書物や器具が雑然と置かれた部屋を通り過ぎ、奥に行くと、マーリンはぐつぐつと煮えた釜(かま)に長い木の棒を突っ込んで何かかき混ぜていた。

「すごい湯気だな」

部屋の中は湿度がすごくて、クロが暑さに舌を出すほどだ。マーリンは汗だくで釜の中を覗き込んでいる。樹里を無視して何度も釜をかき混ぜ、やがて木の棒の先に光るものをひっかけて取り出した。

「あれ、それって……」

樹里は木の棒に引っかかったものを見て、驚きの声を上げた。それは翡翠色の宝石がついたネックレスだったのだ。地下神殿でランスロットが得たネックレスで、モルガンとの闘いの際に傷ついてしまったものだ。

「ようやく直った。試行錯誤の末にな」

マーリンは深い息を吐き、熱湯にくぐらせたネックレスを手に取った。熱かったのか、指先で摘んでいる。

「すごい。直ったんだ」

最初に見た時と寸分違わない綺麗な宝石がついていた。これでランスロットも安心するに違いない。

「水を持ってこい」

マーリンに命じられ、樹里は部屋の隅に置かれた水入りの桶を片手で運んだ。マーリンは釜の煮たきに使った火を消すと、よほど暑かったのか残りの水を頭から被った。樹里とクロはびっくりして飛び退る。マーリンは水浸しになった床に、杖を向けた。朗々とした歌声が響き、水は蒸発して消え去る。ぽたぽたと水を垂らしていたマーリンの髪も、綺麗さっぱり乾いている。

「——何か用か？」

ついさっきまで汗だくだったマーリンが消え、今はいつもの飄々とした態度だ。

「あ、うん。ちょっと話があって」

樹里は隣の部屋に足を向けて言った。

マーリンの目の下にはクマができている。最近部屋にこもって魔術の研究に明け暮れているとアーサーが言っていた。

「聞こう」

マーリンは木製の椅子にどっかりと座ると、水差しの分の水をグラスに注いで一気に飲み干した。樹里は壁に寄せられていた椅子を持ってきて、マーリンと向かい合わせになる。前にもこんな感じで話したことを思い出し、今日は冷静になって話し合おうと決意した。

「ランスロットのネックレス直ってよかったな」

最初は軽い調子で話してみようと、樹里はマーリンの手にある翡翠色の宝石を見つめた。キラキラ光って、力が増したようにも感じる。

「ランスロット卿には存分に力を振るってもらわねばならない。そのためにも、これを直すことは重要だった」

マーリンは安堵したようにネックレスを握った。早くランスロットに見せてあげたいと樹里も微笑んだ。

「カムランの闘いで、私は自分の能力に限界を感じた。今のままでは駄目だ。私はもっと強い魔術師にならねば。モルガンとの闘いまで時間は限られている。何か話があるなら手短にしろ」

マーリンはそう言うと小さな宝石箱にネックレスをしまった。相変わらず樹里に対してぞんざいな態度のマーリンだが、モルガンとの闘いに向けて気力を漲(みなぎ)らせているのは分かる。くしくも期限を切られたことで、マーリンの闘志に火がついたのだろう。

「あのさ、マーリン。時渡りの術を使って、未来を視てこないか？」

樹里は思い切ってマーリンに言った。マーリンの表情は変わらない。その表情を見て、マーリンも同じことを考えていたのだと分かった。

「マーリンもそう考えてたんだ」

樹里は表情を引き締めた。

「……モルガンとの闘いが一、二カ月以内に起こることを考えれば、今しか時機はない。大きな魔力を使うので、何度も次元を渡れないからな。ただ危険は大きい。モルガンとの闘いはたとえ陰から見るだけとはいえ、巻き込まれて命を落とす危険性がある。お前を連れていくことは、言語道断。アーサー王がお許しにならない。無理だろう」

マーリンは樹里の希望をばっさりと切って捨てた。樹里は唇を噛みしめ、マーリンを見つめる。

「じゃあ、マーリン一人で行く気か？」

「そのつもりだ。私とて、相当の覚悟を持っていく。第一、闘いの場がエウリケ山になる以上、行きはいいが、帰りが問題だ。時渡りの術はどこででもできるものではない。軸となるべき場所を探すのに時間がかかればかかるほど、危険は増す。いっそ闘いが終わった後の王都に飛ぶべきかと悩んでいるほどだ。だが万が一我らが全滅した場合、仔細が分からない。やはり無理をしてでも闘いの場に行き、何が起きたか確かめるべきだろう」

マーリンは半分独り言のように呟いた。樹里には難しすぎて分からないが、時渡りの術はいろいろ制約があるらしい。マーリンの言う通り、もし未来で死んでしまったら戻ってくることはできないのだ。

「マーリン。それとは別に、俺、母さんをこっちに連れてきたいんだけど」

マーリンの言い分も分かるので、樹里はもうひとつ考えていたことを口にした。案の定、マーリンの顔が大きく歪む。

「俺、どうしても嫌なんだよ。俺の世界に行って、母さんを連れてきちゃ駄目かな？　っていうのもさ、あと十日もすれば、赤食（せきしょく）の日だろ？」

樹里は身を乗り出して言った。この世界では月が二つあって、両方が満月になる特別な夜、赤色の日がある。その時、月の色は赤くなる。魔力が高まる夜なのだ。

「その時なら、あまり魔力を使わなくてもすむんだろ？　おっと、頭ごなしに否定するのは待ってくれよ。言っとくけど、俺、ラフラン湖を使えば、あっちの世界に一人で行けるんだからな」

樹里は内心の緊張を押し隠してマーリンに言い切った。マーリンのこめかみがぴくりと動く。そうなのだ。樹里は一人でも自分の世界に戻ることはできる。だが、問題は戻ってこられないことだ。行くことはできても、この世界に戻ってくるにはマーリンの力がいる。だから母を連れてくるには、マーリンとの交渉が重要だ。

「馬鹿な。アーサー王がお前をラフラン領に行かせるわけがない」

マーリンに鼻で笑われて樹里はムッとした。痛いところを突いてくる。前回ラフラン領に行った時も、散々こじれたのだ。アーサーが許可を出すわけがないとマーリンは笑う。

「分かんないじゃん？　ランスロットが戻ってきたんだよ？　ランスロットと一緒なら行っても

いいって言うかもしんないじゃん」

「それこそありえない。ランスロット卿もモルガンとの闘いに備え、日々訓練に集中しているのだ。お前の母親のことは諦めろ。第一、ここに連れてきてどうするつもりだ？　お前は自分の母親が死ぬところを目の当たりにしたいのか？」

「だからそれを……っ!!」

マーリンに言い返そうとした時、ノックと同時にドアが開いた。

「入るぞ」

アーサーだった。訓練していたのか、甲冑姿で汗ばんだ顔をしている。凛々しい顔つきに美しい金髪、何物にも負けない堂々とした身体つきのこの国の王様だ。いつ見てもかっこいいが、甲冑姿のアーサーは一番王者のオーラをまとっている。見習い兵の訓練で忙しいと聞いていたので、ここで会えるのはラッキーだ。

「なんだ、樹里もいたのか」

アーサーは樹里とマーリンの間に流れる変な空気に気づいて、樹里を一瞥した。

「また訳の分からないことを言いだしたんじゃないだろうな、お前は」

アーサーは完全に樹里を怪しんでいて、一方的に樹里が悪いと決め込んでいる。樹里は笑顔でアーサーを迎えたのに、そんな塩対応とは。

「誤解だ！」

樹里がむくれて怒鳴ると、マーリンが肩をすくめた。

「樹里は時渡りの術を使って自分の世界に戻ると私を脅しているのです。母親を連れてきたいと言って」

マーリンはあっさり樹里を裏切り、告げ口する。くそぉと樹里は拳を握った。またアーサーの機嫌が悪くなる。

「樹里の世界に……？」

アーサーは眉を顰め、考え込むように目を細めた。反射的に怒鳴られると思っていたので、拍子抜けした。

「いっそ、そのほうがいいんじゃないか。樹里には樹里がいた世界にいてもらえば」

アーサーの口から思いがけない言葉が出てきて、樹里は目が点になった。

「は？」

マーリンもぽかんとなる。

「この世界にいるより安全かもしれない。俺にはよく分からないが、そう簡単に行ける場所ではないんだろう？　モルガンとの闘いに一緒に行くと言いだすよりは百倍マシなのではないか」

アーサーがさらりと言う。樹里は顎が外れそうになって、椅子を蹴って立ち上がった。

「ば、ば、馬鹿言ってんじゃねぇよ！　俺もモルガンとの闘いに一緒に行くに決まってるじゃん!!まさか俺を置いていくつもりだったのかよ⁉」

今までその件について話し合ったことがなかったので、樹里としては衝撃だった。ここまできて自分一人王都でお留守番とか、ありえない。

「やっぱりそのつもりだったのか。お前を連れていく気はない。何が起こるか分からないモルガンとの最終決戦だぞ。そんなところへ連れていってどうする」

アーサーはゆるく首を振って樹里の額を小突く。

「いやいやいや、アーサー!! 俺、モルガンを倒さなきゃ死んじゃうよね? そんな俺がお留守番してどうすんの!? 意味分かんないのはアーサーのほうだろ!」

「だがお前にはもう赤子の守りはないのだ。それに右腕も使えない。モルガンを倒す前に何かあったら大変だ。案ずるな、必ずモルガンは倒す。だからお前は王都で俺の帰還を待っていろ」

「待てませんからぁ!!」

アーサーとの不毛な言い争いに、樹里は眩暈がした。カムラン村での闘いの時は、樹里を連れていかないと言い張ったアーサーの気持ちは分かる。だが今度はモルガンとの闘いなのだ。もし負けて命を落としたら、互いにそこで終わりだ。最後までアーサーと一緒にいたいと思うのは当然ではないだろうか。

「アーサー王。お言葉ですが、私も樹里は連れていったほうがいいかと。ごくたまに役に立つこともありますから」

さすがに見かねたのか、マーリンが咳払いして言う。

「戦場に未来の妃を連れていく馬鹿がどこにいる。樹里には王都で留守を任せる。樹里のいた国とやらに行くというなら、それでも構わないぞ。腹の子が妖精王の元にいる今、モルガンも樹里の命は狙わないだろう」

呑気なアーサーの意見に、マーリンはうなだれた。

「アーサー王、モルガンはジュリを殺され復讐心に燃えております。あちらの世界に樹里がいると知れば、嫌がらせで殺しに行く可能性があります」

「そうか……。では樹里は王都で留守番だな」

アーサーにとってはその選択以外ないらしい。母をこの世界に連れてくるためにマーリンと交渉しようと思ったのだが、とんでもない伏兵がいたものだ。まずモルガンとの闘いに樹里が一緒に行くことから説き伏せなくてはならないとは。

「アーサー、真面目に考えてくれよ。そんなに俺が心配なのかよ？　つうか、天下のアーサー王が俺一人守れる自信がないっていうのか？」

樹里は不敵な笑みを浮かべてアーサーの前に立った。こうなったら挑発するしかない。案の定、カチンときたのか、アーサーがムッとした顔になる。

「俺を誰だと思っている。お前ひとりくらい余裕だ」

「じゃあ、一緒に行ってもいいよね」

「……」

アーサーが黙り込んで樹里を睨みつける。樹里が期待して見つめ続けると、アーサーはすっと目を逸らした。

「樹里、ランスロットをここに呼んできてくれないか。ランスロットのネックレスが直ったのだろう？」

アーサーは目敏（めざと）くマーリンの手元にある宝石箱を見つけ、樹里に用事を言いつけてくる。

「話が途中だろ！」

樹里が顔を赤くして怒鳴ると、ひらひらと手を振り、アーサーはそっぽを向いた。この件に関して話し合う気はないようだ。

「俺はマーリンと話がある。お前は行け」

有無を言わせぬ威圧的な態度で命じられ、樹里は唇を噛んだ。アーサーのことは大好きだが、時々猛烈に腹が立つ。生まれた時から人に命令する立場だったせいか、相手を対等に見ようとしないときがある。自分はアーサーの国の民ではないと怒りが湧き、アーサーのすねを蹴ろうとした。ところがそんな樹里の行動はお見通しだったのか、ひょいと避（よ）けられてしまった。バランスが崩れて、樹里は床にすっ転んだ。

「大丈夫か？」

アーサーが呆れた様子で樹里の手を引っ張り、立たせる。

「畜生、俺は絶対行くからな！」

樹里は捨（す）て台詞（ぜりふ）を吐いて、仕方なく部屋を出た。


アーサーへの怒りを抱えたまま歩いていると、廊下で侍女を連れたグィネヴィアと行き合った。

グィネヴィアはアーサーの従妹(いとこ)で、勝気そうな瞳にブルネットの髪をした綺麗な女性だ。グィネヴィアが王妃になりたがっていた時はよく嫌みを言われたが、樹里がアーサーの子を身ごもった頃から、諦めたのかそっけないが挨拶はしてくれるようになった。

「神の子」

今日も会釈だけして去ろうとしたが、珍しく呼び止められた。おそるおそる振り向くとグィネヴィアがしずしずと近づいてくる。樹里の隣にいたクロはグィネヴィアのひらひらするスカートが気になるようで頭を低くしている。襲いかかるのではないかと、ハラハラする。

「あの何か？」

愛想笑いを浮かべて聞くと、グィネヴィアが人目をはばかるように顔を寄せる。

「ランスロットが変なのにお気づきかしら？」

囁(ささや)くような声で言われ、樹里は目を丸くした。

「時々話が噛み合わないのです。特にあなたが関係した話になると。ランスロットが無事に戻ってきたのは嬉しいことですが、あれは本当にランスロットなのでしょうね？」

グィネヴィアはかすかな不安を滲(にじ)ませて言った。アーサーによるとグィネヴィアはランスロットが好きなのだそうだ。ランスロットがいない間、グィネヴィアがよく神殿に来て祈りを捧げていたのは樹里も知っている。

「本物のランスロットですよ。妖精王が俺に関する記憶を抜いたみたいで……」

樹里は小声で答えた。ランスロットは樹里に妖精の剣で刺されて、しばらく生死のはざまをさまよった。そのとき蘇生してくれた妖精王が、何故か樹里に関する記憶を奪ったのだ。

「何故あなたに関する記憶を？」

グィネヴィアは女性の勘で、樹里とランスロットの間に何かあったのではないかと疑っている。

「私は前々から思っていたのです。忠臣ランスロットがあなたを自治領にかくまった時……、馬上槍大会であなたに対する想いを宣言した時……、ランスロットはあなたを愛しているのではないかと。でも、あなたはアーサーの子を身ごもった。男の身で子を身ごもったあなたは、アーサーと真の愛を築いたからですわね？　よもやランスロットに思わせぶりな態度をとったりはしていないでしょうね？」

グィネヴィアの目が鋭く光って、樹里は焦って身を引いた。

「とんでもない！　そんなことしてないよ！」

不貞を疑われては困る。樹里は断固として言い切った。

「信じましょう。でしたら、私とランスロットが婚姻できるよう、取り計らいなさい。かつての私の夢は王妃となることでしたが、今はキャメロット一の騎士の妻となることで我慢します。分かりましたね？」

グィネヴィアはそう言うなり、つんと顔を上げて去っていった。相変わらずプライドの高い女性だ。しかも樹里に無理難題を押しつけていった。

(俺、うんって言ってないからいいよね)

他人の恋愛事情に首を突っ込む気はない。樹里もランスロットが幸せになってほしいと思うが、そもそもランスロットの幸せが何か分からないので、余計なおせっかいはしたくないのだ。グィネヴィアも樹里をせっつくより、自らぐいぐい迫ればいいのに。

長い廊下を歩きながら、樹里はふと気になって遠ざかったグィネヴィアを振り返った。グィネヴィアは何しにこの地下へ来たのだろう？　この先にあるのはマーリンの部屋だけだ。気にはなったが詮索する気にはなれなかったので、樹里は階段を上がり、衛兵たちに挨拶して城を出た。ランスロットはこの時間なら訓練場にいるだろう。

「クロ、乗っけて」

バランスを取りながらクロに跨ると、心得たというようにクロがしなやかに走りだした。クロには緩く首輪をつけていて、それに摑まることで樹里はなんとかバランスを保っている。

訓練場は王宮内にある。騎士たちの掛け声が聞こえてクロと共に近づくと、柵で囲われた広い空間で騎士たちが模擬戦闘を繰り広げている。ランスロットの姿を探すと、柵の外にいた。戦闘を観察して、指揮をとっている。

樹里はクロから降りて、そっとランスロットに近づいた。高い身長に広い肩幅、黒髪の凜々しい顔つき、ランスロットは立っているだけで強者のオーラを漂わせている。真剣な顔で戦闘を見つめているので声をかけづらく、樹里はしばらくランスロットの背後に立っていた。

「そこまで！」

ランスロットがよく通る声で指示すると、ぐったりした様子で騎士たちがその場にしゃがみ込んでいく。

「休憩ののちに、陣の組み方を変えて再び模擬戦闘を行う！　休憩！」

ランスロットが手を叩くと、騎士たちは水を飲みに行ったり、甲冑を外したりと思い思いの行動をとる。もう声をかけていいだろうと樹里はランスロットの背中を叩いた。

「ランスロット」

軽い気持ちで声をかけた樹里は、ランスロットが大げさに飛び退いたので、固まってしまった。ランスロットは樹里の顔を見て、身構えていた身体を弛める。

「これは神の子……。申し訳ありません。背後に人がいたことに気づいておりませんでした。人の気配には敏感なほうなのですが……」

ランスロットは申し訳なさそうに一礼する。その態度が最初に会った頃と同じで、どこか寂しくなる。もう名前では呼んでくれないのだろうか。

「ごめん、訓練中だからと思って声をかけなかったんだ。あのさ、アーサーが呼んでる。マーリンの部屋にいるから」

無理に笑顔を作って樹里はランスロットの傍を離れようとした。すると、歩きかけた身体が後ろに引っ張られる。何かと思ったら、ランスロットが樹里の右腕を掴んでいた。感覚がなくて、分からなかった。

「あ、これは失礼を」

ランスロットは無意識のうちに掴んでいたらしく、慌てて手を離した。

「申し訳ありません。右腕は使えないのでしたね。私は何故、今、あなたの手を掴んだのでしょう……？　こんなことを申したらおかしな男と思われるでしょうが、神の子であるあなたを見ていると胸が疼(うず)くのです。私は何か大切なことを忘れているのではないかと」

　樹里を見下ろして、ランスロットが呟く。樹里はどきりとした。ランスロットは樹里に関する記憶を失くしているはずだが、失くしたといっても、本当に消えたわけではないのだと気づいた。今さらランスロットが樹里に対する恋心を思い出しても苦しむだけだ。

（やるつもりなんかなかったけど、もしかしてグィネヴィアとの仲をとりもったほうがいいのかな）

　ランスロットの幸せがどこにあるかは分からないが、新しい恋に生きたほうがいいに決まっている。

「気のせいじゃない？　そういやさっきグィネヴィアと会ってさ」

　樹里はランスロットの視線を外し、何げなさを装って口にした。

「グィネヴィアはランスロットのことが好きみたいだ。ランスロットさえよければ、結婚したいみたい」

　笑顔で樹里が言うと、ランスロットが目を瞠(みは)った。

「姫が？　私にはもったいない話です」

　ランスロットはグィネヴィアの気持ちに気づいていなかったらしく、純粋に驚いている。その感触が、以前同じ話を持ち掛けた時とは少し違うことに樹里は気づいた。以前はグィネヴィアと結婚する意思はないという態度だったのだが、今はまんざらでもないという感じなのだ。樹里が現れるまで、ランスロットはグィネヴィアとよく一緒にいたと聞いている。グィネヴィアが強引に連れ歩いているという状況だったようだが、それでも親しみはあるに違いない。

「彼女のこと、考えてみて」

樹里はにっこり笑ってランスロットの傍を離れた。今度はランスロットも引き止めなかった。

樹里はクロと一緒に神殿に戻り、女神に祈りを捧げた。向こうの世界にいた頃は神社やお寺なんてほとんど行かなかったのに、神の子としてこの世界で日々祈禱（きとう）を行っていくうちに女神に祈りを捧げることがすっかりふつうになっている。

（女神様、アーサーがモルガンとの闘いに俺も連れていってくれますように。ランスロットが幸せになりますように。母さんが助かりますように）

願い事をつらつら唱えながら、小さくため息をこぼす。自分のいた世界に戻って母親を連れてくるという案は、簡単には通りそうもない。マーリンは明確な利益がないと動いてくれないだろう。母親のことは自分が何とかしなければならない。時間がない。このままみすみす殺されるだけなんて、母が可哀想だ。

アーサーがモルガンとの闘いに樹里を連れていく気がないという件については、アーサーしか反対していないので何とかなるだろうと希望的観測を持っていた。勝つにしろ負けるにしろ、最後の闘いになるなら一緒にいたい。仮にアーサーが死んでしまったら、遠い地で別れることになるのだ。アーサーが自分と同じ考えにならないことが樹里は不思議でならなかった。

自室に戻ると、サンがお礼状をあらかた書き終えていた。サンは幼いが優秀だ。

「聞いてくれよ。アーサーがさ、モルガンとの闘いに俺を連れてかないって。信じらんないよ」

部屋でくつろいだ時に樹里はサンに愚痴った。するとサンがきりりとした顔で樹里を見つめてくる。

「本当ですね！　ところで樹里様、魔女との闘いに僕も行っていいですよね？」

当然といった顔で聞かれ、樹里は長椅子に寝そべりかけていた身体を起こした。

「えっ⁉　駄目だよ。サンは危ないから留守番だろ」

考えるまでもなく言うと、サンが悲しげに見つめてくる。

「僕は樹里様の従者なんです。樹里様が行くなら絶対に一緒に行きますから」

涙目で言われ、樹里はハッとした。

今の自分の気持ちとアーサーの気持ちが重なったのだ。樹里もサンが行くと言った瞬間、絶対に駄目だと思ってしまった。

(そうか。こういう気持ちだったんだ……)

留守番と言い張ったアーサーの気持ちが初めて分かり、樹里は少し反省した。自分の好きな人を危険な目に遭わせたくない。愛する人が安全な場所にいてほしいと思うのは当然の気持ちだ。

「そうだな、サンだって一緒にいたいよな」

サンの気持ちに胸を打たれ、樹里は照れ笑いを浮かべた。

「一緒に行こうぜ。サンは俺が守るよ」

左拳を突き上げて言うと、サンが呆れた顔で首を振る。

「何を言ってるんですか。今の樹里様の身体じゃ、僕が守る立場ですよ」

その身体で何ができるんだと白い目で見られ、樹里はぐっと言葉を詰まらせた。

「ランスロット様が戻ってきたんですし、ランスロット様に守ってもらいましょうよ。記憶がないとはいえ、神の子は必ず守ってくれるはずです」

サンはランスロットの樹里に関する記憶がないことは知っているはずだが、以前と同じ気持ちでいるはずだと信じて疑わない。確かに騎士の誉(ほま)れと言われるランスロットなら、樹里たちを守ってくれそうだ。

「そうだな……。でもまぁ、とりあえず、その前にアーサーの気持ちを変えなきゃならないんだけど」

時間はないのに考えることは山積している。母を助けるために何ができるのか。誰にも言えないが、樹里が考えた方法の一つは、モルガンと母親の魂を一つにすることだ。ジュリの魂が自分の中に入ってきたように、モルガンの魂を母に入れる方法がないか、ずっと頭を悩ませていた。

(マーリンが魂を一つにする術とか生み出してくれないかなぁ。とはいえ一つになったからって、よくなるかどうかは神のみぞ知るなんだよな。一つになって、母さんが俺の毒をとってくれて、アーサーとも仲良くしてくれたら万事解決なんだけど)

どうなるにしろ、母が別世界にいたのでは話にならない。だから樹里はマーリンに母をこの世界に連れてきてもらおうと思った。もっとも、マーリンにその気はないようだが。

何か方法があるはずだ。諦めたらそこで終わりなんだと、樹里は表情を引き締めた。アーサーは遅くとも一カ月後には魔女退治に出陣すると息巻いている。
時間がない。樹里は焦燥感と闘いながら、日々を過ごしていた。

　アーサーは日々忙しく過ごしているものの、樹里との時間も大切にしてくれた。

　週に何度かは王宮に招かれ、そのままアーサーの部屋に泊まることもあった。感覚のなくなった樹里だが、アーサーと抱き合って眠るだけで満たされる。アーサーはいろいろ我慢しているようで、くっついていると腰の辺りに硬いモノが当たることがある。入れてもいいと伝えて、一度アーサーが樹里の尻の奥を弄ったことがあるのだが、以前は濡れたそこが、何の変化も見せなかった。

「モルガンを倒すまではお預けだな」

　アーサーは諦めたように樹里を抱きしめるだけだ。自由の利かない身体に嫌気が差すこともあるが、すべてはこの国の命運を左右する魔女モルガンとの闘いゆえだ。今は我慢しようと樹里も自分に言い聞かせていた。

「なぁ、アーサー。マーリン、見かけたか？」

　その日の夜、樹里はアーサーの寝所でごろごろしながら気になっていたことを尋ねた。三日前、マーリンの部屋で話して以来、マーリンの姿を見ていない。

「マーリン？　そういえば姿を見ないな」

ベッドで書簡に目を通していたアーサーが、上の空で答える。

「あいつのことだから、部屋にこもってるんじゃないか？　特別な術を会得するとか言っていたし」

アーサーはたいして気にしていない様子だが、樹里は上掛けの布をはいで、アーサーの腕を揺さぶった。

「マーリンの部屋ならしょっちゅう行ってるけど、留守なんだって。アーサーが何か命令したんじゃないなら、どこにいるんだよ？」

「俺が知るか。あいつの行動は制限していない。ランスロットにネックレスを渡してからは、俺もマーリンと会っていない」

アーサーは樹里の手を振り払うと書簡に集中する。どうやらケルト族からの報告らしい。覗き込んでみたが、樹里には書いている内容が分からない。

それにしてもアーサーも見ていないなんて、マーリンはどこへ行ってしまったのだろう。赤食の日が近づいていて、樹里としては焦る一方なのに、肝心のマーリンが見当たらないなんて。もし赤食の日が過ぎてしまったら、マーリンは母を連れてくることをいっそう拒むだろう。無駄な魔力を使いたくないというのがマーリンの主張だ。

「なぁ、アーサー。アーサーからも俺の母さんをこっちの世界に連れてくるようマーリンに頼んでくれよ」

ようやく書簡を読み終えたアーサーに、樹里は精一杯甘えて言ってみた。通常よりも目をぱっちり開いて首をかしげてみたのだが、アーサーはうさん臭いものを見るような顔で眉を顰めただけだった。

「またその話か。お前は閨で変な頼みごとばかりするな。だが断る。お前が向こうの世界に行くなら、俺はそれでも構わないからな。マーリンが魔力を浪費したくないと思うように、モルガンも魔力を溜めておきたいはずだ。だったら、モルガンはわざわざ次元移動などという大きな魔術は使わない。俺はお前は里帰りしたほうが安全だと思う」

アーサーは意地悪い笑みを浮かべて言う。樹里はむくれてアーサーを睨みつけた。

「だから俺はアーサーと一緒に闘うって。あっちの世界から帰れないのは困るんだって」

「案ずるな。すべて片づいたら、マーリンに迎えに行かせる」

アーサーは樹里の発言を意に介さない。悔しくなって樹里は必死に言葉を探した。アーサーには自信があって、たとえ相手がモルガンであろうとも自分が負けることなど微塵も考えていない。だから平気で、すべて片づいたら、と言えるのだ。

「いいもんね、別に。俺は俺で勝手についていくし。俺にはなんていっても、頼りになる神兵がいるし！」

余裕な態度をとるアーサーに腹が立ち、樹里は胸を張って言い返した。モルガンとの闘いなら、神兵たちにも闘う理由はある。かつてモルガンを追い払ったのは当時の大神官だとマーリンは言っていた。

「お前……」

ふっとアーサーが剣呑な空気を漂わせた。樹里はぎょっとして身を縮めた。アーサーの目が据わっている。

「お前は毎度毎度、俺を苦しめるのが好きだな？　お前がそういう態度なら、俺はモルガンとの闘いが終わるまでお前を牢に閉じ込めてもいいんだぞ？」

書簡を放り投げて、アーサーが樹里の胸ぐらを掴む。とても愛する相手にとる態度ではない。それほどまでに樹里を連れていきたくないのか。

「ろ、牢は勘弁してくれよ！　昔入れられた時のトラウマが……」

アーサーなら本気でやりそうだと、樹里は青ざめて首を振った。

「あまりにしつこいと、部屋に監禁するぞ。はっきり言っておくが、俺はお前の母親を殺すも同然なのだぞ。誰がそんな状況を恋人に見せたいと思う？」

樹里の胸ぐらを掴んでいた手を離し、乱れた衣服を直しながら言う。樹里はうなだれた。アーサーの言う通りだ。モルガンと母が同じ魂を持っている以上、アーサーは樹里の母親を直接的にも間接的にも殺すことになる。そのことに関してアーサーを恨む気はないが、その場面を直視したら、わだかまりができないとは言い切れない。

「理解したようで何よりだ。樹里、そんな話より、もっと楽しい話をしよう」

樹里の顔色を見て胸を撫で下ろしたのか、アーサーが上掛けの布を引っ張って樹里をベッドに寝かせた。アーサーは肘をついて樹里を見つめ、樹里の頰を指先で摘む。

「楽しい話？」

「そうだ。俺たちの子どもの名前だ。何にしようか」

アーサーの口から出た言葉に、樹里はぽっと頬を赤らめた。樹里の子どもは妖精王が光の庭で育てると言って連れていった。その子どもは光の珠にしか見えなかったが、あれが次に会う時は人間体になっているのだろうか？

「なぁ、戻ってきた時、妖精王みたいになっちゃってたらどうする？」

樹里は不安になって上目遣いでアーサーを見た。

光の庭は人間が踏み入ることのできない場所だとラフランで会った妖精が言っていた。そんな場所で人がどんなふうに育つのか分からないが、ひょっとして羽が生えていたり、天使の輪がついていたり、後光が差したりするのだろうか。

「そもそも男同士で子どもができるなんてありえないんだし、すごいのが来ちゃうかもよ？　俺、育てる自信ぜんぜんない。むしろ俺が教えを受けたりして」

樹里の不安をアーサーは肩を震わせて聞いている。人の真剣な悩みを、何故笑う。

「お前、心配性だったのか？　産む前もあれこれ最悪の状況を考えていたが、実際なんでもなかったじゃないか。俺とお前の子だ。きっと可愛い赤子だろう。俺が考えている名は、二代目の王のルーサー、あるいは四代前の王にちなんだガウェインなんだが」

アーサーは相変わらず不安な想像はしていないようだ。そのポジティブぶりと自信を分けてほしいものだと樹里はつくづく思った。日本の名前しか想像できない樹里は、アーサーに一任すると言った。

「あとさぁ、母乳とか出ませんけど」

樹里が小声でつけ足すと、アーサーの手が胸元を探る。乳首の辺りを布越しに弾かれて、「がんばれば出そうだが」とからかわれ、赤くなった。

「乳母なら用意できるから安心しろ。侍女の中に見つからなくとも、お前の子なら、民がこぞって乳母になりたいと申し出るだろう」

アーサーがゆっくり屈み込んで樹里の額にキスを落とす。自分もアーサーのようにどっしりと構えていたいものだ。アーサーの唇が唇に重なってきたので、樹里は愛しさが高まって首に腕を伸ばした。アーサーの身体が重なって、口づけが深くなる。アーサーの手はまさぐるように樹里の身体を撫でる。

「早くお前の甘い声を聞きたいものだな……」

アーサーが耳朶に唇を触れて囁く。感覚はなくても、アーサーの吐息や熱っぽい視線は心地いい。

「アーサー……好きだよ」

樹里は小声で言ってアーサーの胸に顔を寄せた。アーサーは樹里を抱きかかえたままベッドに寝転がり、樹里を身体に乗せる。

「愛している、樹里。すべてうまくいく。お前は俺を信じてくれ」

樹里の髪を撫でながら、アーサーが力強く告げた。信じたい。何もかもうまくいくと。樹里はアーサーの胸の確かな鼓動を聞きながら「うん」と答えた。

　赤食の日が三日後に迫った日も、マーリンは王宮にも市街地にもいなかった。目撃情報を集めてみると、ランスロットにネックレスを渡した後、姿を消したらしい。アーサー大好きなマーリンのことだから闘いの前に逃げ出したということはありえない。マーリンは誰にも告げずに何かしている。カムラン村での闘いの後、マーリンが腑甲斐なさを悔いていたことに樹里は気づいていた。マーリンはアーサーを助けるため、モルガンを倒すため、単独で動いているに違いない。

　赤食の日の前日、マーリンがやっと見つかった。

　王宮の執務室でなんでもない顔で宰相のダン・シルバーと書記長のジョーダンと補給地の進捗具合について話していた。執務室は重厚なデスクと応接セットがあり、壁にはキャメロット王国の旗と騎士団の旗がかけられている。樹里は大神官と一緒にダンに呼び出され、マーリンを見つけることができた。マーリンはフードつきの裾を引きずるような黒いマントを着込んでいる。

「マーリン！　どこへ行っていたんだよ！」

　樹里が駆け寄ると、マーリンは何故か後ろめたそうに目を逸らした。マーリンがこんな顔をするなんて珍しい。何かあったのかと樹里は胸がざわめいた。

「これ、神の子。無礼ではないか」

大神官がマーリンに食ってかかる樹里を制する。大神官は五十代くらいの男性で、髪が薄くでっぷりと太っている。

「あ、す、すみません。つい……」

大神官や宰相の前で大声を上げたことを恥じ、樹里は大神官の後ろに下がった。姿をくらましていたマーリンとやっと会えたのだ。どこでどうしていたのかも気になるが、一番の問題は赤食の日が明日に迫っていることだ。明日を逃せば、マーリンは闘いの日が終わるまで異世界に行くなどということは絶対にしてくれない。

「神の子、もうじきアーサー王がいらっしゃいますので」

ダンはいつも通りの穏やかな笑みを浮かべて言う。ダンは立派な白いひげを蓄えた老人で、見た目はマーリンよりもよっぽど魔法使いっぽい。先代の王の時代から宰相を務めていて、アーサーも信頼している。

内心じれったい思いを抱えながら、樹里はアーサーの登場を待った。ドアがノックされ、騎士団第二、第三、第四部隊の隊長が部屋に集まってきた。続けてキャメロット王国の重鎮とされる人たちも。今日は重要な話があるらしい。

少し遅れてアーサーは第一部隊の隊長でもあるランスロットと共に現れた。二人ともマントを羽織って、剣を携えている。ソファに座って話をするかと思ったが、アーサーが立ったまま全員の前に進み出てきて用件を切り出す。

「モルガン退治についてだが、エウリケ山に出陣する日を決めた。二週間後の朝、王都を出る」

アーサーの宣言に、その場にいた全員が背筋を伸ばした。二週間後――思っていたよりも早くて、息を吞む。書記長のジョーダンは素早くペンを走らせている。

「これは俺の独断で決めた。異論のある者は、今ここで言え」

アーサーはぐるりと全員を見渡し、問う。異論は出なかった。

「よし、これから第一陣、第二陣の騎士団を決めていく。連れていく者は、騎士団員のみだ。神兵はこの国を守るために残ってもらう。当然ながら、神の子や大神官も――」

アーサーはちらりと樹里を見た。冗談じゃないと樹里が反論しようとした矢先、マーリンが前に進み出てきた。

「恐れながらアーサー王」

マーリンがキッと眦(まなじり)を上げて口を開いた。出端をくじかれて、樹里は大神官の後ろから二人を覗き込んだ。

「樹里――いえ神の子は連れていくべきかと存じます。彼の貢献は大きく、また魔女退治においては、神殿にも大きな責務があります」

マーリンの主張に驚いた。前にアーサーとこの話をした時も樹里が行くことには賛成してくれていたが、これほどまでに協力的ではなかった。樹里としては助かるし、ありがたい援護射撃だが、何があったのだろう。

「我が国においては、竜退治の際に守護の名目で神の子が同行します。同じように魔女退治にも守護のために神の子を伴うべきかと」

マーリンは眉を顰めるアーサーに重ねて言った。言われてみれば竜退治の時は強制参加だった。

「カムランの闘いにおいて神の子の功績は大きいものでした。皆様もそう思いませんか？」

マーリンは第三部隊隊長であるガラハッドに顔を向けた。ガラハッドは大きく頷いて、樹里を頼もしげに見やる。

「マーリン殿のおっしゃる通りです。あの闘いに神の子がいなければ、我らは王を失っていたかもしれません。アーサー王、神の子は連れていくべきではありませんか？　宰相殿はどうお考えか？」

ガラハッドはダンに意見を求める。

「私も同意見です。神の子は不思議な力を持っている。これまでも多くの危機を救ってきたのは誰もが認めることでしょう。アーサー王、未来の王妃を危険な場に連れていきたくない気持ちはよく分かりますが、この国の命運を握る大事な闘いです。今、キャメロット王国において一番の懸念は魔女モルガンなのではありませんか？」

ダンは何もかも見通すような眼差しでアーサーに言った。同行することに皆が賛成してくれて、樹里は胸が熱くなった。彼らの意見を聞いていると、まるで自分が立派な人物にでもなったかのようだ。

「……」

アーサーは渋い顔つきでマーリンや騎士団隊長、ダンを見やる。

「俺は反対だ。そもそも守護としてなら、神の子より大神官を連れていくのが筋ではないか？」

アーサーは気に食わないと言いたげに目を細める。突然自分が指名されて、慌てたのは大神官だ。顔を赤くして、ハンカチで汗を拭っている。

「じ、じ、自分などは戦場において何の役にも立たないかと……」

大神官は神殿から王宮に行くだけでも毎回汗だくで、とてもエウリケ山に行くような体力はない。自分は安全な場にいるつもりだった大神官は、樹里の背中を押した。

「アーサー王、神の子の持つ力はご存じでしょう。神の子はこの国を救うために生まれてきた存在です。どうか、お連れ下さい。そのために神兵も同行させるつもりです」

大神官はアーサーに神兵の半分を伴わせると約束した。本来なら一兵も出すつもりはなかったのに、大盤振る舞いだ。よほど自分が行きたくないのだろう。以前はクーデターを目論んでいたこともあるが、国王が代替わりした今、私腹を肥やすことしか頭にない。

「アーサー王は賢王であられます。大局を見据え、我らの意見を重んじられることを、臣下一同、切に願っております」

マーリンが深々と頭を下げて言った。その場にいた全員がつられたように頭を下げる。樹里も慌てて頭を下げた。ちらりと盗み見ると、アーサーは苦虫を嚙み潰したような顔をしている。臣下一同と言われては、反論しにくいのだろう。

「……神の子については、考えてみる」

長い沈黙の後に、アーサーが低い声で吐き捨てるように言った。樹里は目を輝かせて顔を上げた。思い切りアーサーに睨まれたが、笑顔で返した。

執務室を出ていくマーリンを、樹里は追いかけた。

アーサーは騎士団隊長と会議があると言って、ランスロットと一緒に円卓の間に行ってしまった。大神官は皇太后に招かれてお茶会だそうだ。

マーリンはすでに廊下の端まで行っていて、階段に消えるところだった。急いで追う。

（なんか、おかしい）

マーリンが味方をしてくれるのはすごく嬉しい。けれどマーリンは考えもなくそんなことをする男ではない。何か——樹里がモルガン退治に一緒に行かなければならない何かが生じたから率先して主張したとしか思えないのだ。

マーリンが考えを変えた理由——樹里には一つだけ思い当たることがあった。

「マーリン、待ってくれよ！」

マーリンは地下の廊下で捕まえることができた。樹里の声に忌々しげに振り返り、ついてこいと目顔でマーリンの部屋に誘われる。

マーリンの部屋は湿ってツンとくる異臭がした。大きなテーブルの上には、何かの実験中なのか釜（かま）の中で煮えたぎっている液体がある。異臭の原因はこの液体だろう。長い間ここにいると目や鼻が痛くなるに違いない。

「ここずっと、どこへ行ってたんだよ？　それに、突然あんなふうに俺を推すなんて……、マーリン、お前まさか」

樹里は煮えたぎった液体に黒い粉末を入れるマーリンを睨みつけた。

考えられることは一つ。

「お前、行ったのか……!?　未来へ？」

――樹里の指摘にマーリンの顔が曇る。煮えたぎる液体をじっと見つめるその横顔は、樹里の推測が正しいことを示している。

「どうして言ってくれなかったんだよ!?　俺だって一緒に行きたかった！　マーリン、お前は未来で何を見てきたんだ!?」

樹里は悔しくて地団駄（じたんだ）を踏みながらマーリンのマントを摑んだ。マーリンに時渡りの術を使うべきだと言ったものの、もし本当に行くなら樹里も同行したかった。マーリンは何かを見てきた。それが決していい未来ではないことは、アーサーに反論した様子からも分かる。

「……私が飛んだ未来は、闘いの終盤、モルガンが棲（す）む城だった」

マーリンは大きなため息をこぼし、煮えたぎった釜の下の火を消す。樹里はごくりと唾を吞み込んだ。

「騎士団と魔女モルガンは相打ちし、アーサー王は亡くなられた。騎士団はほぼ全滅。私は、モルガンの魔術で瀕死の状態だった。……だが、お前たちの子は妖精王が守り、キャメロット王国自体は問題ないようだった」

マーリンの話は樹里の胸を痛いほどに締めつけた。このまま進んだ先には、そんな未来が待っているというのか。信じたくなくて樹里は唇を噛みしめた。

「お前はアーサー王の命令で王宮に閉じ込められていた。だから私はモルガンとの闘いにお前を連れていくべきだと主張したのだ。たった一人違うだけで何が変わるか分からないが……、お前には何か特別な力がある。アーサー王を助けることができるのではないかと賭けることにした」

マーリンの鋭い眼差しが樹里を射貫く。マーリンは未来でアーサーを失い、ひどく傷ついている。

「私は何度も時渡りの術を使った。そのたびに、アーサー王を失った。だが、私のいるこの世界では……お前がいるこの世界では、アーサー王は生きている。そのことに私は希望を見出している。私がどうしてもお前を殺せなかったように」

マーリンの手が樹里の動かない右腕を摑む。感覚はないが、マーリンの触れた手のひらから熱が伝わってくるような気がした。

「マーリン……!!」

樹里はびっくりして目を見開いた。マーリンが膝をついて、樹里の右手の甲に口づけをしたからだ。マーリンがこんな真似をするなんて信じられない。今まで嫌われていると思うことはあっても、親愛の情を感じたことなどない。そのマーリンが、樹里を頼っている。

「頼む、アーサー王を守ってくれ……。他の誰が生き残ろうが、私にとって世界は闇だ。アーサー王がいなければ、この命になんの意味もない」

マーリンは樹里の手の甲に額をくっつけ、苦しげに訴えた。マーリンのアーサーに対する気持ちが苦しいくらいに伝わってくる。今こそマーリンを信じようと樹里は思った。これまでのわだかまりを捨て、アーサーを、キャメロット王国を守るために、力を合わせるのだ。

「俺にできることはなんでもするよ」

樹里は膝をついて、マーリンと目線を合わせた。マーリンのつらそうな顔と向かい合い、左手でぎゅっとマーリンの手を握る。

「まだ時間はある。未来を変える方法が必ずあるはずだ」

樹里はきっぱりと言い切った。マーリンの険しかった表情がわずかに弛み、苦笑して立ち上がる。

「樹里。お前にはもう一つ言わねばならないことがある。自分の世界に戻ることは無駄な行為だ」

マーリンは樹里の手をとって立ち上がらせると、淡々とした口調で言った。

「どういう……？」

魔力が足りないから、母を連れてくることは諦めろと言うのか。

「お前の母親は、モルガンの元にいる」

マーリンが手を放した。樹里は言われた意味がすぐ理解できなかった。モルガンの元にいる……？

「まさか……」

樹里は真っ青になって息を呑んだ。母は——モルガンに連れ去られたというのか。

「カムランの闘いの時、モルガンが現れないことに違和感を覚えていた。あの場でモルガンがいれば、アーサー王はもっと窮地に陥ったはずなのだ。助かったことに気を取られ、深く考えていなかった……。おそらく、その頃、モルガンは時渡りの術を使ってお前の母親をさらったのだろう」

マーリンの言葉は樹里の胸を深く突き刺した。モルガンが非情なことは分かっていたはずなのに。時渡りの術は大きな魔力を使うという。そのためにモルガンはカムランの地に現れなかったというのか。

樹里は今すぐにでもモルガンの元に行きたいと願った。母を取り戻したい。モルガンは樹里に対して母親を人質として利用するだろう。自分が母の命を盾に脅されたら、どうなってしまうのか——樹里は嫌な想像に震えた。

「モルガンはお前に対して非道な手を使うだろう。耐えてくれと言うしかない。お前にとって、選ぶべきはアーサー王か、母親か、その選択を突きつけられるかもしれない。だが、お前の母親が死ななければ、モルガンは永遠に殺せない。そうなればアーサー王の死が待っているのだ」

マーリンは言い含めるように切々と訴えた。マーリンの言うことは分かっている。樹里は一度エクスカリバーを盗んで、アーサーを裏切った。アーサーは許してくれたが、二度目はないと樹里も知っている。

「……マーリン、俺の母さんは未来でどうなっていた？　頼む、教えてくれ」

樹里はマーリンの目を覗き込み、必死の形相で問うた。

「お前の母親はモルガンと同調していた。どちらがお前の母親で、どちらがモルガンか分からないほどだった。おそらく、モルガンの記憶を埋め込まれて、お前の母親としての記憶はなくなったのだろう。モルガンが二人いるような状態だったのだ。これほどの脅威はない」

樹里はショックで言葉を失った。記憶こそ唯一自分たちの存在を証明するものなのに、母がそんなことになっているなんて。

「だからこそ、私はお前を連れていくべきだと考えたのだ。後から埋め込まれた記憶は浅く、本来持っているはずの記憶こそ確かなものだ。息子のお前と会えば、お前の母親は自分を取り戻すことができるかもしれない」

マーリンが樹里を連れていくべきだと主張した理由がよく分かった。

母を助けたいという気持ちは今でも強い。叶うならば、母を再び抱きしめたい。それが叶わないとしても、せめて母には最期まで母でいてほしい。モルガンではなく。

「分かったよ、マーリン」

樹里は息苦しいほどの苦痛を堪(こら)え、顔を上げた。

マーリンはじっと樹里の顔を見つめ、ふっと吐息をこぼした。

「お前を信じる。――時間はないが、私は魂を一つに戻す禁術を研究しよう。前にお前に言われた時は頑(がん)として拒否したが……、私は未来において、モルガンの城でその禁術の書を開いた。だが時間がなく、最後まで見ることができなかった……。見れなかった部分は私の知識と研究において明らかにしていくしかない」

マーリンはそう言ってテーブルの上に並べた研究道具を手に取った。

マーリンが別人のように見えて樹里は驚いた。以前、妖精王は、マーリンはモルガンを救うことを女神と契約して生まれてきたと言った。あの時、そんなことはありえないと拒絶したマーリンが、今は自ら進んで魂を一つに戻す術を得ようとしている。時間とは不思議なものだ。マーリンがこんなふうに変化するなんて考えられなかった。

樹里はエウリケ山にいる母を思って目を潤ませた。モルガンとの闘いで、自分は母とどう向き合うのだろう。想像するだけで過酷な状況だ。けれど王都で留守番をして母の最期に会えないのはもっと嫌だ。母にはこれまで深い愛情を注がれた。女手一つで大切に育ててくれた。

再びこの手に母のぬくもりを得ることを信じて、樹里は涙を拭った。

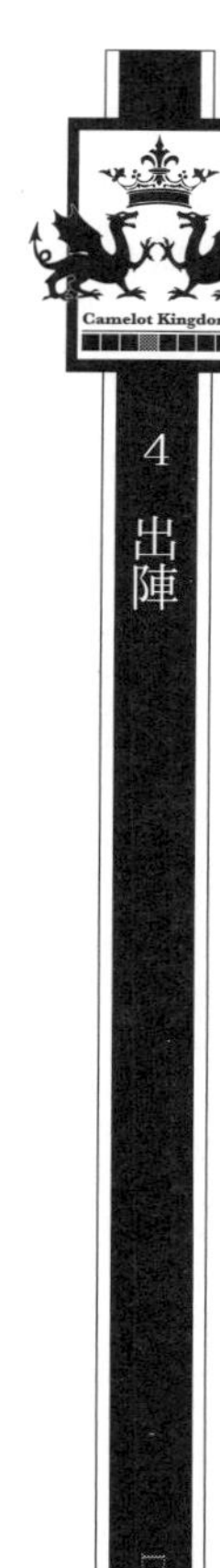

4 出陣

Departure

出立の日はあっという間にやってきた。最初に騎士団第二部隊と第三部隊が王都を出陣した。その五日後にアーサーと騎士団第一部隊、樹里と神兵百名が魔女退治に出陣した。第四部隊は王都に残り、応援要請がきたら駆けつける手筈になっている。

コンラッド川の二股に分かれた場所に補給地があり、そこに辿り着くまで七日、そこからエウリケ山まで三日をかけて進む。全体的な流れとしては、補給地でケルト族と合流し、アーサー率いる第一、第二部隊と神兵五十名、ケルト族でエウリケ山を目指す。補給地には第三部隊と神兵五十名を残し、兵の交代や食糧の輸送、緊急事態に備えて臨機応変に動けるようにしている。コンラッド川からケルト族が住む辺りまでは馬で移動可能だが、隣の山の中腹から馬での移動は困難になる。エウリケ山は緑も少なく、獣もほとんどいない。およそ人が住むような場所ではないそうだ。エウリケ山に関する情報はあまりない。ケルト族ですら、ほとんど立ち入ったことがないらしい。補給地を造ることができるのは、コンラッド川沿いしかなかったのだ。

王都を出る時には盛大な出陣式が行われた。神殿で神々に祈りを捧げた後、王宮から王都を出るまで騎士団が列になって行進した。樹里はアーサーの馬に乗り、民の歓声に手を振って応えた。

国中の民が集まったのではないかと思うくらいの人出だった。誰もがアーサーに魔女を倒してくれと声援を送る。モルドレッドのクーデターですっかりやつれてしまったイグレーヌ皇太后も、久しぶりに姿を現して見送ってくれた。グィネヴィアはランスロットと個人的に何か話していたようだ。この二人が仲良くなってくれればいいのにと樹里は願っている。

王都をひとたび出ると、騎士団の馬はすごい勢いで街道を走りだした。いつもなら樹里は馬車で移動するのだが、今回は優雅な旅とはいかないのでアーサーの馬に乗せてもらっている。サンは神兵のベイリンの馬に、神獣であるクロは少し離れてついてきている。

樹里は出陣の前にからくり箱から銃を取り出した。左手で撃てるかどうか怪しい、持ってきても無駄かもしれないが、何かに役立つことがあるかもしれないと思って荷物に入れた。

とうとうモルガンを倒すための闘いが始まってしまった。

樹里はどうなってしまうのか不安でたまらなかった。それでもアーサーが樹里の同行を認めてくれて、何が起きるとしても一緒にいられることが嬉しかった。マーリンの視(み)てきた未来で、アーサーは死んでしまった。絶対にそんなことがないように、自分の持てる力をすべて発揮しなければならない。

(こんな日を迎えるなんて信じられないよ、アーサー……)

街道を走りながら、樹里は感慨深くこれまでの出来事を思い返していた。

(俺がこの国を救う子を産んで、今こうして魔女を倒す旅に出ているなんて……。ただの高校生だった俺がさ)

背中に感じるアーサーの力強い存在に感謝し、樹里は母に想いを馳せた。モルガンは母をどうしたのだろう。モルガンの城へ行って、すべてこの目で確かめたい。自分と母親が生まれてきたことも含め、何かしら意味があるはずだ。

もう後戻りできない。

樹里は顔を引き締めて前方を見据えた。

その日は森の中で野営することになった。樹里はアーサーと共に天幕で休むことにした。サンは樹里のために甲斐甲斐しく荷物を運んだり着替えを手伝ってくれたりした。アーサーにはルーカンという従者がいるのだが、はっきり言ってルーカンよりサンのほうがよほど役に立つし、働き者だった。ニキビ顔のルーカンは不器用な男で、アーサーの武具を外すだけでかなりの時間がかかる。アーサーはその間、部下に多くの指示が出せるほどだった。

「ふー。あんまり服が汚れなくてよかった」

樹里は一枚布でできた服に着替え、肩をコキコキ鳴らした。王都を出る際に出陣式があったため、白い上等な布でできた礼服を着ていたのだ。明日からは身軽な服装でいいので、楽になる。

「樹里様、僕、ベイリン様の馬、嫌です」

樹里が着ていた衣服を丁寧に畳みながら、サンは小声で言った。神兵をまとめる役を担うベイリンは、大げさな喋りと口うるさい性格で、サンは前々からあまり好いていない。腕は確かなのだが、空気を読まない男なのだ。

「ベイリン様は僕が乗っていることをすぐ忘れて、僕はそのたびに落馬しそうになるんです。それに声が大きくて、耳をふさいでもうるさくてたまりません。樹里様、僕は別の人の馬に乗せていただきたいです」

サンは礼服を箱にしまい、切実な眼差しを送ってきた。

「つってもなぁ、神兵で他に誰かっていうと……」

ベイリンの代わりの神兵というと、誰が適当だろう。悩んでいると、サンが目を輝かせてすり寄ってきた。

「僕はランスロット様がいいです」

サンは以前からランスロットと仲がよかったので、それも当然かもしれない。

「ランスロットかぁ」

樹里はちらりとアーサーと話し込んでいるランスロットに視線を送った。ランスロットが樹里に関する記憶を失って以来、気軽に話せる関係ではなくなっている。ランスロットは優しいから断らないだろうが、サンがうっかり以前のことを話さないか心配だった。記憶をなくしたランスロットが樹里のことを思い出して情緒不安定になるのは困る。

ふとランスロットと目が合って、樹里は思わず目を逸らしてしまった。

「何か？」

アーサーとの話し合いが終わったのか、他の騎士が天幕を出ていく中、ランスロットが樹里に近づいてきた。アーサーはルーカンに「まだか？　明日の出発までかかるんじゃないか⁉」と文句を言っている。

「あの、申し訳ないんだけど、明日、サンを馬に乗せてくれないかな？　ベイリンが雑すぎて、サンは身の危険を感じているみたいなんだ」

樹里はサンの肩を抱いて、ランスロットに伺いを立てた。

「かまいませんよ。では明日、出発の時に」

ランスロットは快く頷き、サンに笑ってみせる。サンは顔をほころばせ、ランスロットに頭を下げた。

「ランスロット様なら安心です！」

サンがランスロットの腕に軽く抱きつくと、何故かランスロットが戸惑ったようにサンを凝視した。サンは自分の子どもっぽいそぶりに気づき、慌てて手を放し、顔を赤くした。

「……？　私は以前、サン殿と……」

ランスロットはこめかみを押さえ、何かを思い出すようにサンを見下ろす。

「ランスロット！　よろしく頼むな！」

ランスロットの記憶が混乱するのを察し、樹里は大声でまくしたてて、ランスロットを天幕から追いやった。

「何をしているんだ」

アーサーはようやく武具を脱ぎ、身軽な服装になって樹里に近づいてくる。ルーカンは武具を磨くため、重そうに甲冑を抱え、天幕を出ていった。

「ランスロットの記憶が時々あやふやになってんだよ。大事な闘いの時に不安定なのってやばいだろ」

樹里が大きく息をこぼして言うと、アーサーも神妙な顔をして頷く。

「その通りだな。ランスロットの心が乱れると、モルガンに隙を突かれるかもしれない。いっそ全部話しておくか？　お前に懸想していたことも、俺を殺そうとしたことも」

「駄目だっ!!」

洞窟で死にかけた時のランスロットを思い出し、樹里は青ざめて大反対した。ちょうどマーリンが天幕に入ってきて、大声を出す樹里に目を丸くする。

マーリンはランスロットの話を聞き、物憂げな表情になった。

「樹里の言う通り、話さないほうがいいでしょう。ランスロット卿の心を乱すことになんの得もありません。アーサー王、忠実なるランスロット卿にとって、王を殺そうとしたことは、万死にも値することなのです。そのことは魂が彷徨っていたことでもお分かりでしょう」

マーリンはアーサーに説くように言う。かつて死の淵を彷徨った時、ランスロットは妖精王の力によって肉体が修復されたもののしばらく魂が戻ってこなかった。その時、亡霊となったランスロットがアーサーの前で懺悔するシーンを樹里は見た。

「ランスロットは真面目すぎるんだ。まったく……妖精王もふつうに戻してくれればよかったのに」

アーサーは手をひらひらさせて、ぼそりと呟く。妖精王への文句かと、すっかり信者と化したサンが目を吊り上げる。

「それで？　マーリン」

アーサーは気を取り直したようにマーリンに目を向ける。

「は。天候は悪くありません。数日は雨も降らず、道中は問題ないかと。この先の街道沿いにも目立った事件は起こっておりません。ただ先週雨が多かったせいで、近くの川が増水しているようです」

「馬で川を渡る際に、気をつけろということだな」

アーサーはマーリンの情報を聞き、考え込んでいる。樹里のいた世界では週間天気予報や各地の情報はテレビやネットで分かるが、こちらの世界ではマーリンが鳥を使って遠い場所の情報を得ている。マーリンはあちこちに自分の分身みたいなものを置いていて、鳥の脚にメモ書きをくくりつけて往き来させているのだ。

「アーサー王、食事を持ってきました」

サンは野営している騎士たちが作った食事を天幕に運んでくる。樹里の好きなシチューだ。食べられない身ながら、食欲が刺激される。牛乳は日持ちしないので、シチューは初日か明日までくらいしか出てこない。

「マーリン様の分も持ってきますね」

サンは皿を床に置くと、サッと出ていった。入れ替わりにクロが入ってきた。ずいぶん到着が遅いと思ったら、口に鳥の死骸を銜えていた。

「クロ、お前、飯持参か」

樹里は顔を引き攣らせて言った。クロを抱きしめようとしたが、天幕の隅でクロが鳥の羽根をむしって食事を始めたので、背中を向けてしまった。

「マーリン、城ではずっと部屋にこもっていたけど、術の研究は進んだのか？」

サンが持ってきた食事が揃い、輪になって食べ始めると、樹里は気になって尋ねた。食事しない樹里は手持ち無沙汰だ。

「……」

マーリンは暗い面持ちになった。アーサーが首をかしげてマーリンを見る。

「どうした。あまり芳しくないのか」

アーサーはあっという間に食事を終えて、近づいてきたクロの身体を撫でている。

「モルガンの魂を一つにする術の、最後がどうしても分からないのです……。己の力の限界を感じております」

マーリンは厳しい顔つきだ。

「珍しいな。お前はいつも自信満々だと思っていたが、そんなこともあるのか。まぁ気にするな。俺の剣ですべて薙ぎ払ってやる」

アーサーはたいして気にした様子もなく、王者の笑みを浮かべる。アーサーほど自信に満ちた男を樹里は知らない。およそ不安とは無縁だ。何度もアーサーの剣だけでは突破できなかったこともあるはずなのに、そういう記憶は頭に残らないようだ。適当だなと思う一方で、王はこれでいいのかもしれないとも思う。上に立つ男が不安でいっぱいより、堂々と自信に満ち溢れていたほうがついていく気になる。

「では私はこれで」

マーリンは食事を終えると、天幕を出ていった。サンも出ていこうとしたが、小さい子に野宿をさせるのは気が引けて、天幕に留まるよう言った。子どもなので宵の口には眠くなり、クロと一緒に天幕の隅で寝てしまった。

「とうとう、だな……」

樹里はアーサーと一緒に敷布に寝転がると、ぽつぽつと話した。

とうとう、モルガンを倒す旅が始まってしまった。怖いような気持ちと何かが起こるような期待感、様々な思いがごっちゃになっている。

「樹里、お前の母親のこと、マーリンから聞いた」

アーサーは愛しげに樹里の髪を弄(いじ)りながら、囁(ささや)く。樹里は黙ってアーサーを見つめる。

「俺はお前の母親であろうと、容赦をしない……つもりだが、その場になってみないと何が起こるか分からない。お前は俺のすることを、許せるか？」

アーサーの美しい青い瞳が樹里を覗き込む。

「分からないよ。でも、俺はアーサーが好きだ。たとえどんなことがあっても……」

樹里は左手でアーサーの頬を撫でた。彫りの深い顔立ちが近づいてきて、樹里の唇を吸う。

「モルガンを倒さねば、お前を助けることはできない。そのことだけは覚えていてくれ。俺はお前を失いたくない。そのためならどんなことでもするだろう」

アーサーは深い決意を秘めて言う。樹里には痛いほどその気持ちが分かっていた。アーサーは自分のことを愛している。大切に想ってくれている。樹里も同じだけ、いやそれ以上の愛情を返したいと思う。右腕が使えれば、もっと役に立てるのにと情けなくなった。

「アーサー」

アーサーのキスが深くなって、樹里の身体を撫でていく。これ以上はしないと思うが、近くで寝ているサンが気になって樹里はアーサーの手をつねった。

「サンが見たらどうするんだよ。教育上、よくないだろ」

小さい子どもの前ですることではない。樹里が軽く睨みつけると、アーサーが笑って樹里の首筋にかぶりついてくる。

「あ、こら」

きつく吸われて眉を顰めると、アーサーが「痕をつけた」とニヤリとした。

「もう馬鹿」

仕返しのようにアーサーの腋をくすぐると、笑って抱き込まれる。たくさんキスをして身体をくっつけて、甘ったるい空気を醸し出す。

「ほらやっぱり俺を連れてきてよかっただろ？」

樹里がからかうように言うと、急にアーサーが真顔になって樹里の頬を引っ張る。

「いや、今でも王宮に残してくるべきだったと思っている」

こんなにいちゃいちゃしておいて、その言い草。樹里はがっかりして寝返りを打った。樹里を同行させることについて何度も会議が行われた。アーサーがしぶしぶ了承したのは一週間前の話なのだ。

「そう拗ねるな。一緒にいられるのは俺だって嬉しい」

アーサーは背中から樹里を抱き込んで、耳元で告げる。ふてくされた顔を後ろに向けると、宥めるようなキスが降ってきた。

「お前を安全な場所に置いておきたい俺の気持ちも分かってくれよ」

アーサーが耳朶を甘く噛んで言う。

「俺は守られる女じゃねーって。まぁ、腕が使えないし、迷惑かけてるのは分かってるけどさ」

腰に回ったアーサーの手に手を重ね、樹里は唇を尖らせた。

「これくらい、たいしたことではない。お前は少しくらい動けないほうが安心だ」

言うに事欠いてそんなことを口走るとは。樹里はムッとしてアーサーに軽い肘鉄を食らわせた。

アーサーの笑い声を聞きながら、樹里は安心して眠りについた。


道中、これといった問題もなく隊は進んだ。サンはランスロットの馬での移動に満足したようで、休憩のたびにランスロットを褒めたたえている。サン曰く、ランスロットの馬は飛ぶように滑らかに走るそうだ。

　三日目の昼、街道を逸れて隊は森の中を突っ切った。騎士たちの馬が駆け抜けると、森の動物たちはいっせいに逃げ出す。天候は穏やかで、雨の心配はなさそうだった。その日は天幕を張る場所がなく、樹里たちは野宿することになった。野宿が苦手な樹里は、時々アーサーの腕の中で目を覚まし、交代で火の番をしている騎士を見た。大神官の祈禱のおかげか、団体で動いているおかげか、これまで獣が近づいてくることはなかった。もしかしたらクロが目を光らせているのかもしれない。

　次の日には森を抜け、コンラッド川の下流に辿り着いた。

　ここまで来ると補給地まで三日もあれば着くだろう。水の心配をする必要もなく、騎士たちの動きも淀みない。アーサーが予定より魔女退治の出発を早めたのは、補給地が整ったのもあるが、本格的な夏がくる前のほうが闘いやすいという判断もあった。キャメロット王国の夏はそれほど暑くないとはいえ、甲冑で動き回るのはやはり危険だ。熱中症も怖いが、訓練された騎士たちとはいえ、格段に動きが鈍る。それに馬も暑さで疲弊する。

　隊は順調に移動を重ね、七日目の朝、予定通り補給地に着いた。

「アーサー王、お待ちしておりました」

　アーサーたちの到着を出迎えたのは、騎士団第一部隊のマーハウスとユーウェインだった。二人とも屈強な身体つきの強い騎士だ。マーハウスは二十歳くらいの意気軒昂な若者で、ユーウェィンは獅子のたてがみのような髪型をしている男だ。二人は補給地の責任者としてかなり前からここに来ていた。

「わぁ、すっげー」

アーサーの馬を降りた樹里は、感嘆した。川近くに大きな建物ができていた。倉庫と寝泊まりできる場所で、木造のしっかりした造りだった。柵で囲った程度の建物を想像していたが、とんでもない。急場でこしらえたとは思えない、立派な拠点ができていた。アーサーの部屋もあれば、厩舎もあって、先に到着していた第二部隊の馬がずらりと並んでいた。

「ケルト族の者が素晴らしい働きをしてくれました」

ユーウエィンは胸を張って言う。補給地には大勢の騎士がいて、忙しく動き回っている。河原の近くでは職人の男たちが弓矢を作ったり、剣を研いだりしている。

「うむ。よくやってくれた。ユーウエィンとマーハウスに任せて正解だったな」

アーサーは馬をルーカンに預け、建物を見て二人を褒める。二人ともアーサーに褒められて嬉しそうだ。

昼頃にはケルト族も補給地に現れた。

「グリグロワ、久しぶり」

馬の先頭を切っていたのは、ケルト族の次期長であるグリグロワだ。浅黒い肌に青い目が印象的な若者で、長い黒髪を複雑に編み込んで、首や腕には多くの装飾品を巻きつけている。グリグロワは樹里を見つけると、目を細めて微笑んだ。

「よく来てくれた。感謝する」

アーサーは下馬したグリグロワと固い握手を交わす。グリグロワは三十名ほどのケルト族の若者を連れてきていた。中には以前一緒に王都の市場で買い物を楽しんだ者もいた。

「神の子、腕が使えないと聞いた。大丈夫か？」

グリグロワは樹里の前に立つと、すっと膝をつき、樹里のだらんとしている右手を取った。

「平気、平気。まぁ、いろいろ身体おかしいけど。痛みはぜんぜんないからさ」

心配げなグリグロワに笑いかけ、樹里はケルト族を歓迎した。

「神の子、久しぶりだ」

四角い顔をしたミルディンや、気のいいケルト族の若者たちと挨拶を交わし、樹里は高揚した。こうして志を共にする者が集まるさまは、なんともいえない活気を生むのだと実感していたのだ。それは樹里の不安を打ち消してくれる。

「あとでダヤンと女たちもやってくる。闘いの無事を祈りたいそうだ」

グリグロワはそう言って表情を引き締めた。ダヤンはケルト族のドルイドで、大神官みたいな役割を担っている。以前不吉な予言をされて、それがことごとく当たった。だから祈ってくれると聞いて樹里は内心びびってしまった。今日は変な予言をされないといいのだが。

補給地は活気づいていた。騎士団三個隊とケルト族の手練(てだ)れが揃い、熱気むんむんだ。サンはケルト族の若者に抱っこされ、子ども扱いするなと怒っている。今夜はここに泊まり、明日からエウリケ山を目指す。

（あそこに行くのか）

樹里は建物の二階からエウリケ山を見た。尾根の先に見えるエウリケ山は白く、雪が積もっている。初夏のこの時期にも雪が融けないなんて、あそこだけ別世界のようだ。

「神の子、あれが見えるか」

樹里がエウリケ山を凝視していることに気づき、グリグロワが話しかけてきた。

「いつもならこの時期、雪は融けているはずなのに、白いままだ。アーサー王は暑さの心配をしているが、もしかすると寒さの心配が必要かもしれない」

グリグロワは畏れるように尾根を見つめる。

「ケルト族はあの山には登ったことがないのか？」

樹里は情報が欲しくて、グリグロワに尋ねた。

「あの山は人を拒む山だ。登った者もいるが、狩りをするにも獣がいないし、深い場所まで行って生きて帰った者はいない。大昔は緑豊かな山だったらしいが、モルガンが棲み始めてから岩山と化したと聞く……」

グリグロワの話に樹里は寒気がして身を震わせた。まさに死の山だ。魔女モルガンはそこでずっと暮らしているのか。魔術で造った城とはどんなものだろう。樹里の想像は追いつかない。

「グリグロワ様、会議をしたいので下へおいで下さい」

ルーカンがグリグロワを呼びに二階にやってきた。グリグロワが去ると、樹里は手すりから下を見た。簡易な建物なので二階には壁がなく、何本もの柱と手すりだけが設置されている。高さがあるので遠くまで見渡せて、コンラッド川からクロが駆けているのが見えた。

　樹里は下に行き、クロを出迎えようとしたのだが、階段を下りている途中、何かに躓いたのか数段すっ飛ばして地面に尻もちをつく羽目になった。

「んん？　なんか、俺、最近よく転ぶな……」

　左手を地面につき、樹里は体勢を立て直した。右手が使えないということがこれほど生活に支障をきたすとは思ってもみなかった。足についた汚れを払っていると、クロが軽やかにやってくる。

「クロ、遅かったな」

　長距離の移動をねぎらうようにクロの毛並みに沿って撫でると、湿っている。コンラッド川で身体を洗ってきたのだろう。前脚や身体を舐めている。

「クロ……、モルガンとの闘いになるんだぞ。お前、大丈夫か？」

　樹里はクロの身体に腕を巻きつけ、真剣な目で話しかけた。クロは以前ジュリに意志を操られ、樹里を襲ったことがある。それを避けるために、今回、闘いの場ではクロに目隠しをする。モルガンにクロを操る術があるとしても、目を見なければ大丈夫だろうとマーリンが言ったのだ。

「これ、慣れるために今からつけておくよ。お前なら見えなくても感覚で歩けるはずだってマーリンは言うんだけど」

　樹里はポケットに入れておいたクロ用の目隠しの布を取り出した。黒い布を目元に巻きつけると、クロはいやいやをするようにとろうとする。

「こら。これしてなくちゃ駄目なんだって」

嫌がるクロに何度も言い聞かせると、樹里の言葉が分かったのか、不満げながらも大人しくなった。目隠しをしても、まるで見えるかのようについてくる。すごいなと感心した。

「樹里様、明日にはもう行っちゃうんですよね」

クロと歩行練習しているとサンが悲しそうに近づいてきた。サンは補給地で留守番だ。第三部隊と共に、連絡がくるのを待つ。ここまで一緒に連れてきたが、さすがにこの先は危険なので残ってもらうことにした。闘いもさることながら、登山自体が幼いサンには厳しい。

「無事帰ってくるよ」

樹里は安心させるようにサンに微笑んだ。

その夜はケルト族の女性がやってきて、持ってきた料理や酒をふるまい、楽しい宴会となった。ケルト村で造っている酒は口当たりがよく、騎士たちは美味い美味いと言って呷っていた。久しぶりに会ったダヤンは相変わらず不気味で、酒を飲んで火を焚くと、歩くのもおぼつかないくせに不思議な踊りを披露する。グリグロワがはらはらして見守っているのがおかしかった。

アーサーはこれから宿敵であるモルガンと対峙するとは思えないほど、宴会を楽しんでいた。緊張感は特に感じられない。ランスロットは何杯酒を飲んでも平然としていて、酒の席なのに落ち着いていていた。

マーリンは、いつもの通り、騒ぎから離れた、茂みの奥の木の陰に佇んでいた。

「マーリン」

樹里はクロを引き連れて、マーリンに近づいた。マーリンは物憂げに樹里を振り返り、ため息をこぼして月を仰ぐ。

「マーリン、大丈夫か?」

マーリンに覇気がない。樹里は不安になってマーリンの顔を覗き込んだ。これから母であるモルガンと闘うのだ。アーサーのように気楽ではいられないだろう。

「エウリケ山に戻るのは、あそこを出て以来だ」

マーリンは上部が欠けた月を眺め、呟いた。おそらくキャメロット王国をのっとるためにエウリケ山を出た時のことだろう。

「モルガンが恐ろしい……?」

樹里はクロの首を撫でて問いかけた。枯れ草を踏む音が、静かな夜に響き渡る。少し先から騎士たちの笑い声が時おり聞こえてくる。樹里たちがいるところは打って変わって静寂だ。

「モルガンへの恐怖は克服できた。……と思うが、余裕はない。私は私の持つすべての力を発揮しなければならない。それでもモルガンに勝てるかどうか。母であることを別にしても、モルガンは強大な力を持った魔女なのだ」

マーリンは静かな口調で言う。モルガンに捕まっている母を思い、樹里は目を伏せた。

「でも俺の知ってる話じゃ、魔術師マーリンはモルガンよりすごい魔術師なんだ」

樹里はマーリンの鬱屈(うっくつ)した気分を晴らそうと、わざと明るい声を出した。マーリンが片方の眉を上げる。

樹里はにっこりと笑ってみせる。マーリンは苦笑して、クロに屈み込んだ。

「こいつは父が連れてきたと言っていたな」

マーリンが珍しくクロの顎に手を当てる。目隠しをしているクロは匂いで相手を判別するように、マーリンの腕に鼻を押しつける。

「うん、そう。父さんがどこからか拾ってきた猫だって母さんが言ってた。ひょっとしてこっちの世界にいたのかもなぁ」

黒猫だったはずが銀の神獣と化したのだ。もともと樹里のいた世界ではなく、こちらの世界の生き物だったのかもしれない。

ふいに聞き取れないほどの小さい声でマーリンが言った。

「父は……ネイマーは、本当に何もせず殺されたのだろうか？」

「え？」

樹里は思わず腰を折って、マーリンに近づいた。マーリンはじっとクロを見つめている。

「お前の母親に真実を明かしたら、自分がどうなるかくらい分かっていたはずだ。お前たち親子を守るために死ぬ前に何かした……と考えるのは希望的観測かもしれないが」

マーリンは深く考え込むように目を細めた。

「父さんが？　だとしても、何を？　父さんって、魔術師じゃないんだろ？　隠者だっけ。隠者が何する人か知らないけど」

この世界での父の立場はよく知らない、モルガンの夫ということ以外。

「隠者とは里を離れて暮らす者のことだ。ネイマーはエウリケ山に足を踏み入れ、死にかけた時にモルガンと出会ったと聞いた。魔術師ではないが、薬草の知識は広く、いくつもの術の研究や発明もしていたそうだ」

「へぇ」

樹里の知っている父親はふつうのサラリーマンで、何かを発明したり研究しているところなど見たことがない。どこにでもいる平凡で穏やかな父親——それしか記憶にない。

「父が生きていれば……モルガンの凶行を止めてくれただろうか」

マーリンはすっと立ち上がり、やるせない笑みを浮かべた。

「国を乗っ取るなど、意味のないことだ。すでにエウリケ山に自分の王国を建てているも同然なのだから、それで満足すればよかったのに。自分を慕わない民の上に立って、何が面白いのだろうか。あるいは国を乗っ取り、滅ぼすことが目的なのか……」

マーリンは樹里を促すように歩きだした。だいぶ夜も更けて、そろそろ就寝の時刻だ。樹里はクロの背中を撫で、共に歩を進めた。

明日はエウリケ山を目指す。

武者震いすると、樹里は大きく首を振った。

翌日は、太陽が顔を出すと同時に出発した。毎回不思議なのだが、騎士や神兵はどれほど酒を飲んでも、翌日には全員しゃきっとした顔で乗馬する。彼らは二日酔いにならないのだろうか。

数時間かけてケルト族の村に辿り着くと、馬をケルト族に預けて、徒歩での移動になった。この先は馬では移動できない険しい道だ。樹里は麻を紡いで作った袋に、薬とひそかに持ち込んだ銃を入れている。間違って暴発したら困るから弾は込めていない。アーサーは気遣って荷物を持とうかと言ってくれたが、これくらい大丈夫だと笑ってみせた。

列になって、山を登った。ここからエウリケ山までいくつか山を越えなければならない。道案内はマーリンがしているが、その顔つきは進むにつれ厳しくなる。久しぶりに山に登ると、体力がひどく落ちているのを実感した。この世界に来た時は高校生だし、喧嘩に強いこともあって体力には自信があった。けれど今は、右腕が使えないせいでバランスがとりにくく、ふつうに歩くことすら困難だ。

「神の子、大丈夫ですか？」

ランスロットに心配され、樹里は息を荒らげながら大丈夫だと答えた。最初はアーサーに遅れまいと歩いていたが、気づけば列の最後尾にいた。アーサーは「ケルトの村で待っていてもいいのだぞ」と言って、樹里ががんばるのを応援してくれない。列の最後尾はランスロットが守っていて、歩みが遅れがちな樹里を気にしている。

「よろしければ、私の背に」

そうなるとランスロットは樹里を背負う格好になる。甲冑を着けているランスロットにそんな真似はさせられないので、樹里は目隠しを外したクロに乗せてもらうことにした。クロはしなやかな歩みで、樹里を背負ったまま山道を歩いていく。

「休憩をとる！」

五時間ほど歩き続けた頃、前方から号令がかかって、斜面に騎士や神兵が腰を下ろして休憩をとった。クロは樹里を背負った状態で、岩を軽々と飛び移り、先頭にいるアーサーとマーリンの元へ連れていってくれた。

「最初から神獣に乗ればよかったじゃないか」

アーサーはクロから降りる樹里を見て笑っている。

「うっさいなぁ」

樹里は舌を出してそっぽを向いた。マーリンは腰を下ろさず、遠くの尾根や空を見上げている。

「天候が変わるかもしれません。気になる風が出てきました」

マーリンは濡らした指を上空に上げ、眉を寄せる。樹里はクロに水を飲ませ、斜面を登る騎士たちを見下ろした。二個隊と神兵五十名、ケルト族三十名が長蛇の列となって登山しているので、先頭から最後尾にいるランスロットの姿は見えない。騎士と神兵はマントの色も甲冑のスタイルも違うので、遠目でも見分けがつく。特にベイリンは休憩中も何か自慢げに話している大声が先頭まで聞こえてきた。

「アーサー王。今夜はどの辺りで進軍をやめる？」

グリグロワがアーサーの元に集まって、尋ねる。アーサーは地図を取り出してマーリンの意見を聞いている。樹里がそっと覗き込むと、マーリンが描いたと思しき地図が見えた。このあと下っていくと谷に出るらしい。

「この辺りで夜営するのがよいでしょう」

マーリンは指先で地図にある谷を示して言った。グリグロワも同意見らしく、休憩を終えたら谷を目指すことになった。

今度は下りだからと樹里は自分を奮い立たせて歩きだした。

日が少しずつ陰っていくのが分かった。視界が悪くなり、風が出てきたせいで葉や茂みが揺れた。風は変則的な動きを見せ、とぐろを巻くように枯れ葉を浮かばせた。何か嫌だなと思っていると、前方でざわめきが起きた。

「気をつけろ！　手負いの獣だ！」

マーハウスの声に、樹里はハッとして顔を上げた。ぼんやり地面を見ていたので、前のほうで騒ぎが起きたことに気づくのが遅れた。少し先の茂みから、矢が何本も刺さったハイエナみたいな獣が飛び出してきた。血走った目で涎を垂らしながら、狂ったように身をよじっている。弓矢隊の弓でとっくに息絶えていてもおかしくないのに、獣は近くにいる騎士に牙を剝いて迫ってきた。

「任せろ」

ユーウェインが剣を構えて獣の前に立ちふさがった。ユーウェインは飛びかかってきた獣の腹に剣を突き立て、勢いよく引き裂いた。獣は血を噴き出し、悶絶しながらようやく息絶えた。

「食料にしますか？」

ユーウエィンは夕食のいい食材ができたと獣に手を伸ばそうとしたが、マーリンがそれを鋭い声で止めた。

「お待ち下さい、ユーウエィン殿。この獣は様子がおかしい。食すのは危険です」

マーリンが獣の身体を検分しながら、首を振った。

「そうですか？　ただの獣だと思うが……。まぁ、マーリン殿がおっしゃるなら」

ざわめきが収まって、ユーウエィンは残念そうに剣を収め、獣を道の脇に退けた。

再び列が動きだし、樹里たちは安堵して列に戻った。

樹里たちは知らなかった。

長い列の後部の騎士たちが、ユーウエィンが倒した獣をさばいて食料としたことを。マーリンの指示は後方には届かなかったのだ。

5 モルガンの罠

Morgan's Trap

辺りが薄暗くなった頃、樹里たちは谷底に辿り着いた。左右に崖があり、その間を細い川が流れていて、地面には砂利が敷き詰められている。明日登る山は険しく切り立った崖のように見える。目の前に立ちはだかる山を越えたらいよいよエウリケ山だ。

ここまで予定通り進行できている。神兵たちが火を焚き、夕餉を作るのを見ながら、樹里はクロに川の水を飲ませた。夕餉にはパンと肉の入ったスープが出てきた。この先、水の調達が難しいことから騎士や神兵はスープを大切に飲んでいる。スープは骨付き肉で出汁をとったもので、やけに美味しそうに見えて、無理をしてでも食べてみようとしたのだが、クロが飛びかかってきて、スープ皿を落としてしまった。せっかくの肉なのに。樹里は泣く泣く諦めた。

砂利の上で夜を明かすのは大変で、樹里はほとんどクロに抱きついて眠った。アーサーがどこでも眠れる図太い神経の持ち主なのが羨ましい。

夜が明けると、樹里たちは再び山登りを始めた。

一時間も歩き続けた辺りだろうか。風が出てきて、騎士たちのマントをなびかせた。風は冷たく、時おり雨粒を運んでくる。進めば進むほど風の勢いは増し、歩行が困難になることもあった。

太陽は姿を見せず、空は厚い雲で覆われている。最初はぱらついていただけの雨も、どんどん激しくなっていった。

「このまま進むのは危険です。そこの洞窟(どうくつ)で、雨がやむのを待ちましょう」

マーリンが洞窟を見つけ、アーサーに進言した。アーサーはこめかみの辺りを揉みながら、

「分かった」と頷いた。

「アーサー、頭が痛いのか？」

洞窟は奥まで広がっていて、大勢の騎士が雨宿りするのに十分な広さがあった。騎士や神兵たちはそれぞれ濡れた兜(かぶと)を脱ぎ、焚き火に集まる。

「時々ずきずきする」

アーサーは眉を寄せ、うっとうしそうに頭を振る。

「薬、飲む？　持ってるよ」

樹里は頭痛薬を取り出した。樹里のいた世界から持ってきたもので、すぐ効く。

「初めて見る薬だな。こんなに小さくて効果があるのか？」

アーサーは不思議そうな顔をして、頭痛薬を飲んだ。すると効果はてきめんだったらしく、目を輝かせて樹里を見る。

「こんなに速く効く薬は初めてだ。お前の世界の薬はすごいな」

アーサーはすっかり頭痛が消えて、きびきびと臣下たちに指示を下している。雨は激しさを増していて、とても出ていける状態ではない。一旦この洞窟に足止めされることになるが、無理は

禁物ということでここで休むことになった。

「アーサー王、ケルト族は雨に慣れている。我らは予定通り別の道からモルガンの棲み処を目指す」

ケルト族のグリグロワが、獣の皮を被りながら言った。ケルト族は騎士たちとは別のルートで行くことになっている。連絡は鳥を使う予定だ。

「無事、会えることを願っている」

アーサーはグリグロワと固い握手をして一時の別れを惜しんだ。樹里も頼もしいケルト族と別れるのは少し不安だった。だが、ケルト族は雨をものともせず、去っていった。

慣れない登山続きで樹里はくたくただ。

少し昼寝をしようと思い、クロと一緒にすみっこで横になった。


騒がしい声に樹里は目を擦りながら身を起こし、クロの唸り声にははっきりと目覚めた。そして信じられない光景を目の当たりにした。

「な、な……っ⁉」

洞窟内で騎士や神兵が味方同士、怒号を響かせて喧嘩していたのだ。摑み合って殴り合いをしている者もいれば、地面をのたうち回って泣き喚いている者もいる。剣を交えている者さえいた。

樹里は偶然にも隅っこにいたので巻き込まれずにすんでいたが、ひどい騒ぎになっていた。

「何がどうなって……っ、ひええ！」

騎士や神兵に異変が起こったのは間違いない。クロは樹里を守るために、近づこうとする騎士に牙を剝いて唸っていたのだ。

樹里は壁伝いに移動して、殴り飛ばされる騎士や絶望的な声を上げて走り回る神兵を避けた。アーサーやランスロット、マーリンは何をしているのだろう。暴れ回る人々の中から必死に捜すと、ランスロットが洞窟の入り口で倒れているのが見えた。

「ランスロット！　しっかりしろ！」

急いでランスロットに駆け寄り、脈を確かめる。呼吸もしているし、気を失っているだけのようだ。揺すり起こしてみたが、深い眠りに落ちているのか、ぜんぜん起きてくれない。クロがランスロットの手の甲をぺろぺろ舐めているが、反応はない。ふと見ると、ランスロットの首にかけられた翡翠色のネックレスが光を放っている。

「くそ、どうなってんだ……。アーサーは？　マーリンは何してる！」

ランスロットを起こすのは諦めて、樹里はアーサーとマーリンを捜すことにした。寝ていたのは一時間くらいだと思うが、いつの間にか雨はやんでいて、葉の先に雨粒が光っていた。味方同士で闘う騎士や神兵の中に二人はいない。外に出たのかもしれないと思い、樹里は洞窟を出て周囲を見回した。

「アーサー!!　マーリン、どこにいんだよー!!　クロ、アーサーとマーリンを見つけられるか

⁉」

樹里は藁にも縋る思いで、クロに尋ねた。クロは鼻をひくつかせ、樹里に背中に乗れと顎をしゃくる。樹里はクロの背中に跨った。

クロは地面に漂う微量な匂いを嗅ぎ分け、岩場から岩場へと飛び移った。そして切り立った崖に立つと、下を覗き込んだ。

「アーサー‼」

アーサーは崖下のわずかな窪みに立っていた。樹里の声に気づいて顔を上げる。

「樹里、よかった。いや、どうなることかと思ったぞ。急に眠くなって、気づくとこんな場所にいた。何がどうなっているのか分からんが、お前が来てくれて助かった」

アーサーはピンチに陥っているにも拘らず、呑気な口ぶりだ。

「なんでそんなとこに、いるんだよ⁉」

呆れ返っていいツッコミも浮かばない。誰かに突き落とされたにしても、そんな小さな窪みによく引っかかったものだ。

「俺もさっぱりだ。それより縄をくれ。他の奴らはどうした？」

アーサーはくいくいと手招きして登るための縄を要求する。

「皆、おかしくなってんだよ！　味方同士で闘っている奴もいて……、と、ともかく縄とってくるから！」

樹里は混乱しつつ、洞窟に引き返して隊の荷物から縄を取り出した。相変わらず騎士たちは剣を交えて闘っている。血を流している者もいて、止めようとしたが、樹里が何を言っても誰も聞こうとはしない。

まずはアーサーだ。樹里は崖に戻って手近の大きな木に縄をくくりつけた。左手しか使えない樹里が甲冑を着けたアーサーを引っ張り上げるのは無理なので、自力で這い上がってもらうしかない。

「アーサー、縄を！」

樹里は縄の先をアーサーに放り投げた。アーサーは縄を腕と腰にくくりつけ、自力で崖を登ってくる。ハラハラしたが、アーサーは無事登り終えた。

「助かったぞ。よし、皆の様子を見に行こう」

アーサーは一息つく間もなく、洞窟に戻った。そして、洞窟内で闘っている味方を見て、愕然とする。

「何かの術だろうか？　負傷している者もいるじゃないか。こんな時にランスロットは何をしている」

アーサーは意識の戻らないランスロットを抱え起こし、その両頬を叩く。それでもランスロットの目が開くことはなかった。

「アーサー、これってモルガンの……」

こんなふうに味方同士闘っているのは、モルガンの魔術によるものとしか考えられない。どうやったのか分からないが、彼らを正気に戻さなければ。

「マーリンはどうした？」

アーサーはマーリンの姿が見当たらず、苛立ちを見せる。こんな事態を収拾すべきマーリンが見つからないのは問題だ。

「分からない。どこにいるんだろ……」

樹里は途方に暮れた。アーサーは剣を振り回す騎士の背後に回り、体術で武器を取り上げていく。それまで暴れ回っていた騎士は、武器を奪われると急に地面に這いつくばり、泣きだす。

「これが誉(ほま)れ高き騎士団の姿とは……」

アーサーは騎士たちの醜態にがっかりしている。

「俺はこいつらから武器を奪う。お前はマーリンを見つけて連れてきてくれ」

アーサーは手近にいる騎士に足払いをかけて言う。樹里はクロと洞窟から外へ出た。すると、どこからか叫び声が聞こえる。それがマーリンの発しているものだと気づき、樹里は声のするほうに駆けだした。

マーリンは山の斜面に立ち、狂ったように大声を上げていた。胸を引き裂かれるような物悲しい声で、樹里は立ち止まってしまった。マーリンは近くにあった木の幹に、自死行為のように思い切り頭を打ちつけていた。額から血を流して目を剝いているマーリンには、この世のものとは思えない狂気があった。

「何故だ、何故……っ」

マーリンは涙を流しながら、木の幹に何度も頭を打ちつける。

「何故私はアーサー王を死なせてしまったのか……っ!!」

マーリンは絶望に身を震わせ、叫んでいる。樹里はハッとして、マーリンに駆け寄った。マーリンが木の幹に頭を打ちつけようとするのを必死に止める。

「マーリン！　アーサーは死んでないって！」

背後からマーリンのマントを引っ張って叫んだが、マーリンには樹里の声が届いている様子がない。樹里の手は簡単に撥ね除けられ、樹里はその場に尻もちをついた。

マーリンが幻覚を視ているのは確かだった。それがアーサーが死んだ幻覚だということはすぐに分かった。マーリンは幻覚の中で希望を絶たれている。

「マーリン！　気がついてくれよ！　アーサーは生きてる、それは幻覚なんだって！」

どうにかしてマーリンの意識を覚醒させなければと、樹里はもう一度マーリンの腕を掴もうとした。けれどマーリンは獣じみた声で喚き散らし、樹里を地面に放り投げた。樹里は土の上に転がって、形相の変わったマーリンを見上げる。

「アーサー王を殺したのはお前か……っ!?」

マーリンは髪を振り乱して樹里を睨みつける。樹里ではなく、幻の何かを視ているようだった。

「貴様、許さぬ、許さぬ……っ!!」

マーリンは杖を取り出して、樹里に向ける。これはやばいと樹里は慌てて起き上がり、逃げ出そうとした。マーリンは低い声で歌い始め、杖の先に魔力を溜める。

「ぎゃああ！　アーサーっ、助けて！」

逃げようとした先に火花が飛び散って、樹里はびっくりして大声を上げた。樹里の行く先に、何発もの火の弾が飛んでくる。大きな岩の後ろに隠れ、アーサーに助けを求めた。

「樹里、どうした！」

樹里の声を聞きつけ、アーサーが駆けつける。アーサーはマーリンに殺されかかっている樹里を見て、ぽかんとしている。

「マーリン、何をしている⁉」

マーリンを止めようとアーサーが駆け寄ると、マーリンの焦点の合わない瞳がアーサーに向けられた。

「お前も仲間か、アーサー王の仇（かたき）……っ」

マーリンはアーサーにも杖の先を向けて、突風を起こす。それは甲冑に無数の傷をつけた。アーサーは剣を抜こうとしたが、マーリンが幻覚に支配されているのを悟ったのか、落ちていた石を拾い上げ、マーリンの手元を狙って投げた。

「く……っ」

杖を落としたマーリンは、よろよろしながら手探りで杖を探す。

「クロ、杖を奪えっ」

樹里はマーリンを指さして、叫んだ。クロは風のような速さでマーリンの元に走り、首尾よく杖を銜（くわ）えて逃げていく。

「しっかりしろ、マーリン！」

アーサーはマーリンに駆け寄ると、そのみぞおちに一発食らわせた。マーリンはがっくりとうなだれて地面に倒れた。

「困った奴だな」

アーサーは意識を失ったマーリンを担ぎ上げ、大きな岩の後ろに隠れていた樹里を引っ張り上げてくれた。

「水はあるか？」

アーサーはぐったりしたマーリンを大きな岩の上に寝かせた。樹里が携帯している水を渡すと、それをマーリンの顔に降りかける。しばらくするとマーリンはぶるぶると顔を震わせ、意識を取り戻した。

「こ、ここは……？　私は一体……？」

自分を覗き込むアーサーの顔を見て、マーリンはぼんやりする頭をはっきりさせようと必死に振る。どうやらまともになったようだ。樹里はホッとしてマーリンが身体を起こすのを助けた。

「しっかりしろ。俺が死んだとかほざいて暴れまくっていたぞ」

アーサーは地面にいくつもある火の跡を顎でしゃくる。いくつか放った火の弾のうちの一つが、茂みに燃え移っている。けっこう大きな火になってきているが、大丈夫だろうか。

「わ、私がそのような……、いや、確かに覚えが……、ひどく絶望していたような、……なんたる失態」

マーリンは愕然とした様子で、両手で顔を覆う。どうなることかと思ったが、マーリンが正常に戻ったのならひと安心だ。

「マーリン、皆おかしくなってるんだよ。アーサーだって崖から落ちそうになってたんだから。何があったんだよ」

樹里は遠くにいるクロを呼び寄せた。クロは杖を銜えたまま軽やかに走ってくる。

「あ」

クロから杖を受け取った樹里は、顔を引き攣らせた。

杖が折れている。クロが銜えた際に、ぽきっといったに違いない。

「ご、ごめん。折れちゃった……」

樹里は青ざめて、くの字形に折れた杖をマーリンに差し出した。この杖は神殿の地下で手に入れた特別な杖だ。モルガン退治に欠かせない貴重なアイテム。それを折るとは、まずいことこの上ない。

マーリンは折れた杖を受け取り、顔を歪めた。これはまずい。かなり怒っている。不可抗力とはいえやっちまったと、樹里はクロと一緒に土下座しようと腰を引いた。クロの咎は飼い主である樹里の責任だからだ。

「いや……いい」

マーリンは謝ろうとする樹里を制して呟いた。

「悪いのは幻覚に溺れた私だ。気をつけていたつもりだが、術にかかるとは……」

マーリンは苦笑して首を振った。マーリンが怒らなかったので、樹里はクロと一緒に胸を撫で下ろした。

「洞窟に着いた辺りから、皆の様子がおかしいのには気づいていたのに。原因を探るつもりが、その前に意識が朦朧として……、気づいたらこの体たらくだ」

マーリンは思い切ったように杖を二つに折った。樹里は目を丸くしてマーリンの手元を見る。折れた杖を補強して使うものだとばかり思っていたので、逆に破壊したマーリンにびっくりした。その杖は大切なものなのに。

「こんなものに頼ったのがそもそもの誤りだ。杖などなくても私には力がある」

マーリンは決意を秘めて告げた。アーサーがふっと笑い、マーリンの額から流れる血を拭った。

「そうだな、お前はこの国一番の魔術師なのだから。俺が保証するぞ」

アーサーの言葉にマーリンの目が輝きを取り戻した。マーリンは持っていた二つに分かれた杖を、茂みから燃え上がった火に放り投げた。するとまるで爆発でも起こしたみたいに、金色に輝く炎が舞った。

「え……っ⁉」

樹里は驚きの声を上げて炎を見た。マーリンもアーサーも目を見開いて炎の前に立つ。

杖を燃やした炎は大きな光を辺りに散らした。そして炎を伴った風に巻き上げられるようにして、弧を描いてマーリンの手元に一本の杖が飛んでくる。

「これは……」

マーリンは手元に戻ってきた杖を見て、息を呑む。炎から生み出された杖は虹色の光を放っていたのだ。

「この漲る力は……、信じられない、これなら私が使えなかったあらゆる魔術が可能になる」

マーリンは杖を掲げ、珍しく興奮した声を上げる。マーリンが杖を一振りすると、辺りに広がっていた炎が一瞬にして消えた。

「す、すげぇ、武器レベルが上がった！」

樹里はマーリンの手に握られた杖に歓声を上げた。信じられない。地下神殿で得た杖を破壊したら、さらにすごい杖になるなんて。

「災い転じて福となすだな！」

樹里はクロの背を撫でまくって、功を称えた。クロが杖を折ったのはもしかして偶然じゃないのかもしれない。樹里は嬉しくなってアーサーに抱きついた。


マーリンは洞窟に戻ると、魔術で全員の意識を覚醒させた。

正気に戻った騎士や神兵は、何が起こったのか分からないまま、ぐったりとその場に倒れ込んだ。負傷者も多く、樹里は手当てに走り回った。中には重傷の者もいたが、死者が出なかったことがせめてもの幸いだ。けれど、そこで少し困ったことが起きた。

「やばい……。涙が出ないんだっけ……」

マーリンに涙で治癒するように言われて懸命に泣こうとするのだが、何も出てこない。悲しくないわけじゃないのに、目から一滴も涙が出てこないのだ。

「そうか、妖精王に身体の機能を止められているのだったな……」

マーリンも思い出したようで、苦々しい顔つきになる。樹里の治癒力が使えないと分かり、半数以上の者がここに留まることになった。動ける者は補給地に戻り、動けない重傷者はこの場で救援を待つ。樹里は自分がひどく役立たずに思えて落ち込んだ。樹里の力が使えないことによって、百名近くの騎士たちがここで脱落することになったのだ。

「お前が悔やむことはない。それだけモルガンは強いのだ」

アーサーはそう言って慰めてくれたが、大量の兵を失ってしまったのは痛手だ。返す返すもランスロットが幻覚に囚われなくてよかった。ランスロットが暴れたら、もっとたくさんの負傷者が、いや、死者さえ出たかもしれない。おそらくランスロットは、ネックレスによって守られたのだろう。

原因について話し合っている際、山道で倒した獣をさばいて料理に使ったことが判明した。後方にいた騎士たちが、気を利かせたつもりが裏目に出たのだ。

「きっとこれもモルガンの罠の一つでしょう。獣の肉を食うと、なんらかの幻覚作用を及ぼす術だったのです。樹里は食べなかったのだな?」

マーリンがそう推測した。そういえば、夕食の肉入りスープをクロに邪魔されて食べられなかったのだ。今思えば何も食べられないはずの樹里にさえ美味しそうに見えたのは、術がかけられていたからではないか。アーサーが幻覚に溺れなかったのは、ひょっとして樹里があげた頭痛薬が効いたのかもしれない。

その日は洞窟で身体を休め、翌日、動ける者だけで再び出発した。どこにモルガンの罠があるか分からない状態だ。注意して進まなければならない。

険しい道をひたすら歩き続ける。樹里はクロの背に跨って進んだ。

一日かけて山を越えると、ようやくエウリケ山が全貌を現した。

6　忘れじの城

エウリケ山は死の山と呼ばれている。エウリケ山に足を踏み入れた樹里（じゅり）はそう呼ばれる理由を痛いほど理解した。気温がぐんと下がり、冷たい風が頬を嬲（なぶ）る。緑はほとんどない。当然、獣もいない。枯れたような細い木々があちこちに生えているのみだ。

「いきなり寒くなったな」

勾配のきつい道を進みながら、樹里はマントを深く被って言った。進めば進むほど、寒さが増していく。この寒さは危険だと思い始めた頃、空には白いものがちらつき始めた。

「雪か……」

アーサーは頭上を見上げ、眉根を寄せた。

初夏だというのに、雪が降ってきた。この地域の天候はどうなっているのだろう？　ケルト族が住む辺りは王都より暑いくらいだったのに、エウリケ山は雪が降るほど気温が低い。ここだけ別世界のようだ。休憩の際に、騎士や神兵たちはあらかじめ用意していた寒さ対策の防具をつけ始めた。樹里も持ってきた布を一枚身体に巻きつけた。寒くて手足がかじかむ。こんなことならカイロを持ってくればよかった。

「アーサー王、ケルト族からの鳥が戻りません」

マーリンは岩場で休んでいるアーサーに案ずるような表情で言った。

「まずいな。例の幻覚にはまってるんじゃないか？　あいつらも食べたんだろう？」

アーサーは悩ましげに空を見上げた。雪はやむ様子がなく、積もり始めている。

「大丈夫かな。連絡がない場合、どこで落ち合うの？」

樹里はクロに抱きつきながら、マーリンに尋ねた。クロの身体で暖をとるのが一番いい。

「その場合エウリケ山に入った時点で、目印の火を焚くことになっている」

あらかじめマーリンがグリグロワに、色がついた煙を出す火薬を渡しておいたそうだ。発煙筒みたいなものだろうか。無事、会えるのか心配だ。

「マーリン殿、この山はいつもこのように寒いのでしょうか。魔女モルガンはどうやって暮らしているのです？　とても人が住めるような山には思えませんが」

ランスロットは白い息を吐きながら疑問を口にした。

「モルガンの棲む城は常識では考えられないものなのです。行けばその理由が分かるでしょう」

マーリンは浮かない顔つきで呟く。

休憩が終わり、樹里たちは山道を進んだ。雪はどんどん降ってきて、行く手を阻む。ひょっとしたらこの雪もモルガンの仕業なのだろうか。そんな疑心暗鬼にかられつつ、樹里たちはモルガンの城を目指した。

「うう……」

慣れない登山の上に、雪が吹雪いてきて、歩くのが困難になってきた。樹里は前の人の背中を必死に追いながら、情けない声を出した。騎士たちは互いに声を掛け合い、励まし合って進む。雪はすっかり地面を覆い、山に白い化粧をほどこしている。

「クロ、もう駄目だ」

樹里は歩けなくなり、クロに跨った。この吹雪でさすがのクロも、足取りが重くなっている。

「モルガンの城はまだか⁉」

アーサーの焦れた声が響いた。マーリンの話では、エウリケ山の中腹にモルガンの城はあるらしいが、前方には何も見えない。というか吹雪がすごくて、視界が悪い。これはいわゆるホワイトアウトというやつで、危険なのではないかと樹里は内心不安でたまらなかった。

「まだです、まだ……、あっ」

マーリンの声が跳ね上がり、樹里は目を細めて前を見た。木々の間に城の姿が見えた。

「あ、あれがモルガンの城⁉」

樹里はびっくりしてクロから飛び降りた。疲弊し始めていた騎士たちも、身構えて前方を見据える。

吹雪が一瞬やんで、幻のようだった城の姿をはっきりと映し出した。なんというか——昔、遊園地で見た童話に出てくるお城のようだった。あれがモルガンの城なのだろうか。イメージが違う。

「マーリン、あれか?」

アーサーがマーリンに問い質す。まだ少し距離はあるが、この雪山に現れた城は異質そのものだった。場違いとしか思えない。こんなところにふつうの城が建っているはずはないから、やはりあれはモルガンの城なのだろうか。

「いいえ、あれは……、私が知っているモルガンの城ではないが……、しかし」

マーリンは前方に出現した城に困惑気味だ。

「ともかくあの城を目指すぞ！」

アーサーは大声を上げ、騎士を奮い立たせた。騎士たちはとうとう魔女との闘いかと、剣を構え、歩を進める。吹雪が少しやんで、周囲の様子が分かってきた。斜面が緩やかになり、大きな城がそびえ立っている。雪はまだ降っているが、風がなくなり、まともに歩けるようになった。

城はドイツの古城によく似ていて、周囲をぐるりと高い鉄柵が覆っている。柵には荊がびっしりと絡みついていて、不気味な様相だ。だがほとんど緑のないエウリケ山において、柵の中だけ緑がある。城の庭には朽ち果てた噴水、石畳、青銅の女神像がある。

「誰か、いるぞ！」

騎士の一人が叫び、アーサーは剣に手をかけた。

城の中から一人の女性が現れた。水色のドレスをまとい、しずしずとやってくる。あれがモルガンだろうかと樹里は目を凝らした。

近づいてきたのは、儚げな若い女性だった。金髪を綺麗にまとめ、ティアラをつけている。胸元に光る宝石は高価そうだし、お姫様のイメージそのものだ。

「アーサー王ご一行ですね。お待ちしておりました」

女性は門の前で皆に優雅にお辞儀した。そして自ら門を開ける。アーサーはマーリンを窺う。目の前の女性がモルガンなら今すぐ斬り倒すという視線だ。マーリンは眉根を寄せつつ、首を横に振った。モルガンではないらしい。樹里もモルガンが術で化けていると思っていたので、拍子抜けした。

「雪が大変だったでしょう。どうぞ、中へ。騎士の皆様も、ひと時お身体をお休め下さい」

女性は弱々しげな笑みを浮かべて樹里たちを中に招き入れた。罠なのかもしれないが、再び吹雪き始めて、屋根のある場所はひどく有り難かった。

「アーサー王、なんらかの罠だと思いますが……」

「ひとまず、入ってみよう」

アーサーはマーリンと小声で話し合い、罠に飛び込む選択をした。門をくぐり、身構えつつ城の庭を横断する。この庭には不思議なことに蝶や虫がいる。

城の扉が重々しく開き、樹里たちは中に入った。ホールの床は冷たく、城内は静まり返っていたが、雪がないだけで十分温かい。騎士たちは疲れた様子で身体に積もった雪を振り払っている。

「俺を待っていたと言ったが、お前は何者だ？　この城は？」

アーサーは兜を脱ぐと、女性を鋭い目で見据える。樹里はクロが操られないように、目隠しをした。クロは不服そうにもぞもぞしている。

「私の名前はカテリーナ。この城の主です。アーサー王は魔女モルガンを倒す方と伺っております」

カテリーナはそう言って、深くお辞儀した。アーサーはじっとカテリーナを見つめる。

「どうぞ、憎きモルガンを倒して下さい。私の最愛の夫と家族を殺したモルガンを」

カテリーナはその瞬間、瞳に憎悪の炎を燃やした。けれどすぐにまた弱々しい女性に戻り、うつむきがちになる。モルガンに夫と家族を殺されたと言っているが、この女性は敵ではないのか。樹里は判別できなくてマーリンを仰ぎ見た。マーリンも判断しかねているようだった。


カテリーナは奥へとアーサーを招待した。樹里はクロと一緒に油断なく周囲を見回しつつアーサーの後を追った。アーサーはいぶかしがりながらも、カテリーナについていく。マーリンは低い声で歌いながら杖をカテリーナに向けた。何も起きない。

「真の姿を現す術をかけたが、何も変化がない。あれはどうやら術で化けているわけではないようだ」

マーリンは目の前にいる女性がモルガンではないと知り、少しだけ警戒を解いた。樹里もホッとしたが、こんな場所に突然現れた城に疑問は湧く。そもそもエウリケ山には魔女しか棲めないと言われているのに、どうしてこの女性はいるのだろう。

城の廊下をぞろぞろ歩いていると、カテリーナが奥の扉を開けた。そこは広間になっていて、ふかふかの絨毯(じゅうたん)と大きな暖炉(だんろ)があった。

「騎士の皆様はこちらで身体をお休め下さい。食事の用意もできております」

長テーブルには湯気を立てた食事が並んでいた。鳥を一羽丸ごと焼いたものや蒸した魚、果物やサラダなど、美味しそうな料理が所狭しと並べてある。騎士たちは空腹だったこともあって、目を輝かせて食卓へ近づく。

「お、おい、一度失敗したんだから——」

幻覚で味方同士傷つけ合ったばかりだと樹里は止めたが、空腹で雪の中を歩き続けた騎士たちは制止も聞かずテーブルについて料理を貪り始めた。

「アーサー、止めてくれよ!」

樹里は焦ってアーサーに訴えたが、何故かカテリーナと共に別の部屋へ行ってしまう。マーリンは一皿持ち上げ、呪文を呟いた。

「本物のようだ。毒は入っていない」

マーリンは検分すると、騎士たちが食べるのを容認した。食事に毒が入っていないのはよかったが、おかしいことばかりにもかかわらず、平気で次々と食事を平らげている騎士たちにただただ呆れた。

「神の子、我々も」

樹里の命令で料理に手をつけなかった神兵たちも、食欲をそそる匂いに耐えきれなくなり手を伸ばし始めた。雪山で歩き続けたせいで空腹はピークになっていたのだろう。騎士も神兵も腹いっぱいになるまで食べている。

「限界です、少し休ませて下さい」

食事を終え満足した騎士たちは甲冑を脱ぎ、それぞれその場に横になり始めた。やわらかい絨毯の上でいびきをかく者までいる。マーリンは食事には手をつけなかったが、少し疲れたのか、壁によりかかって目を閉じた。

「神の子、何かおかしくありませんか」

皆の様子に呆れていると、背後に立ったランスロットが囁いてきた。緊張しているようだ。

「おかしいよね。なんで皆分かんないのかな」

樹里はイライラしてその場をうろついた。そもそもカテリーナは何故自分たちがここに来ることを知っていたのか、どうして出来立ての食事があるのか、カテリーナ以外見当たらないのにこれを作った人は誰なのかと、疑問はいくつも湧いて出る。その一方で、何か重要なことを忘れているような気がしてならなかった。

「クロ?」

うろうろしている樹里の後をずっと追いかけていたクロが小刻みに震えている。気になって樹里はクロの目隠しを外してやったが、クロは寒さに震えるように身体を揺らし続けている。

「アーサー王はどこへ?」

ランスロットに言われ、カテリーナとアーサーが別室へ向かったのを思い出した。ついていくべきだったのに、どうして自分はここでぼうっとしていたのだろう?　樹里は慌ててランスロットとクロと共に隣の部屋へ走った。

広間と繋がった隣の部屋には、この城の歴代の主と思しき人の姿が描かれた絵画がたくさん壁に飾られていた。アーサーはカテリーナと並んで絵を見ていた。樹里が部屋に入ると、ちらりとこちらを見たが何も言わなかった。カテリーナは絵を見上げ、自分の生い立ちを話しながら、涙を流している。

「ランスロット、あの絵を見てくれ」

アーサーは壁にかけられた絵を見やり、後から来たランスロットに視線で促した。ランスロットの顔が絵画を見て曇る。

「これは……気のせいでしょうか。ウイリアム卿に似ているような……」

ランスロットの呟きに樹里は首をひねった。樹里も絵画を見たが、見覚えのない顔だ。樹里は室内を見渡した。高そうな調度品に凝った細工の壺や皿がいっぱいだ。この部屋は美術品を置く部屋かもしれない。

「アーサー、ここおかしくない？」

絵画を見上げているアーサーに、樹里は小声で言った。誰も彼もが警戒心がなさすぎて、心配になる。いきなり命を狙われるということはなさそうだが、この城は絶対に何かおかしい。

「俺を待っていたと言っていたが、あなたは何者だ？　貴族のようにお見受けするが」

アーサーは樹里に肘を突かれ、カテリーナに疑問を投げかけた。カテリーナはハンカチでそっと目元を拭い、潤んだ瞳をアーサーに向けた。

「私は魔女モルガンを憎む者です。魔女モルガンを倒してくれるというあなた様をお助けしたい一心で、城にお招きしました。しばらく吹雪は続くでしょう。吹雪がやむまで、どうかこの城でひと時の休息をおとり下さい」

アーサーとカテリーナがしばし見つめ合う。傍らで樹里はハラハラしながら二人を交互に見る。目の前で浮気かとアーサーの手の甲をつねると、「痛いぞ」とアーサーにムッと返された。

「確かにこの吹雪ではモルガンの城に攻め入るどころではない。お言葉に甘えてしばらく休ませてもらおう」

アーサーはこの城に脅威はないと判断して、そう決断した。樹里は腑に落ちなくて早く城を出ていきたかったのだが、騎士も神兵もこの城での休息を望んでいた。今のところ、誰かがおかしくなる様子もないし、気にしすぎなのかもしれないが。

「アーサー王、どうぞ王にふさわしいお部屋でおくつろぎ下さい」

カテリーナは嬉しそうに微笑んだ。早く吹雪が止まないかと樹里はやきもきするばかりだった。


夜になると樹里はアーサーと寝所で横になった。樹里たちが案内されたのは贅を尽くした部屋で、黄金の剣や兜が壁に飾られ、見事な織物が敷き詰められていた。調度品も一流の職人が作ったような細工の緻密なものばかりだし、豪華な部屋だというのがよく分かる。

「アーサー、エクスカリバーを離さないでくれよ？」

樹里は一緒に寝る間も不安で、しきりにアーサーに繰り返した。アーサーは甲冑を脱ぐと、ベッドに横になり大きく伸びをした。エクスカリバーは枕の傍に置く。

「分かっているさ。油断するな、だろ」

アーサーは樹里を心配性だと笑い、抱き寄せた。ベッドは大きかったので、クロも潜り込んできた。クロは樹里の身体にぴったりとくっついて、鼻を樹里の腋に埋める。ずっと震えていたクロだが、樹里にくっつくと震えは止まった。クロの身体はずいぶん冷えていた。

「樹里……、この城なんだが……」

樹里の額にキスをして、アーサーが目を伏せる。続きの言葉を待ったが、アーサーは考え込んだ末に「なんでもない」と苦笑した。

「気になるじゃん。なんだよ」

言いかけたのだから最後まで言ってほしいとアーサーの胸にすりよると、アーサーの手が腰に回ってくる。樹里の首筋に唇を押しあて、きつく吸われる。樹里が身をすくめると、アーサーの手が樹里の尻を揉む。

「……お前を抱きたい」

ぽつりと呟かれ、樹里はどきりとした。アーサーの腰に熱が溜まっているのが分かり、訳もなく動揺した。アーサーがひどく自分を求めているのが、布越しに伝わってくる。

「アーサー、俺なら」

いいよ、と言いかけた唇をアーサーにふさがれた。アーサーは狂おしく樹里の唇を吸い、頬を撫で、額をくっつける。

「俺にこんなに我慢をさせる奴はお前くらいだぞ」

アーサーは不敵な笑みを浮かべ、指先で樹里の肌を撫でていった。鎖骨から辿った指が乳首のふくらみで引っかかって、わざと揺らして下がっていく。樹里は止まっているはずの機能が戻ったような錯覚に陥り、アーサーを熱く見つめた。

「前の俺なら、お前が感じなくても構わずに抱いていただろう」

アーサーの手が樹里の脚のつけ根に指を滑らせる。わり開くようにアーサーの手が内腿を撫でて、反応のない性器を軽く握る。

「だが今は、感じないお前を抱いても虚しいことを知っている。俺はもう独りよがりの行為をする気にはなれないんだ」

下まで辿ったアーサーの手が戻ってきて、樹里の唇の中に指が差し込まれる。樹里は熱っぽい目でアーサーを見上げ、たまらずに起き上がった。

「アーサー、ちょっとだけ……」

乞うように樹里はアーサーの肩を押し倒すと跨った。目を丸くするアーサーの腰に近づき、赤くなって腰紐を解く。

「おい、……」

アーサーが咎めるような声を出したが、樹里は構わずにアーサーのズボンをずり下ろした。アーサーの性器を空気にさらすと、そっと顔を近づける。以前は言われないとやらなかったが、我慢しているアーサーを見ていたらたまらない気持ちになった。せめて口で気持ちよくしてあげたい。

「ん……」

樹里はアーサーの雄々しい性器に舌を這わせた。そっと手で持ち上げ、音を立てて舐める。アーサーの性器はまだ半勃ち状態だったが、樹里が吐息を吹きかけ、舌で潤すと徐々に芯を持ってきた。

「樹里……」

アーサーが上半身を起こして、樹里の髪を撫でる。樹里は硬くなったアーサーの性器を口に銜えた。口の中で、ぐっと性器が膨れ上がる。いつも樹里の理性を奪うモノが、今は口の中で熱を持っている。樹里は夢中で性器をしゃぶった。

「ん、う……、は……っ」

脈打つ性器が愛おしくて、舐めたり吸ったりして刺激を与える。樹里の刺激に反応して性器が反り返ってくると、手も使ってアーサーを感じさせた。アーサーの気持ちよさそうな吐息が耳をくすぐる。先端の小さな穴を吸うようにすると、アーサーの息が荒くなる。

「気持ちいい……、お前上手くなったな」

アーサーが上擦った声で言う。以前は下手だ下手だと言われてばかりだったので、褒められて嬉しくなった。樹里は咽の奥までアーサーの性器を銜え込んだ。あまり深く銜えると苦しくなって、すぐに吐き出してしまう。

「はぁ……、アーサー……、すごい大きい」

樹里はアーサーの性器にしゃぶりつきながら、恍惚とした表情で呟いた。これで何度も貫かれたことは記憶に鮮やかだ。前のように深い場所まで犯されたい。そんな恥ずかしいことを思ってしまい、ひどくうろたえた。いつの間にこんなふうに思うようになったのだろう。男でありながら男に愛されるのを望むなんて。

「いやらしいことを考えているだろう」

アーサーが浅い息を吐きながら樹里の顎(あご)を持ち上げた。アーサーと目が合って、自分の隠していた淫靡(いんび)な部分まで見透かされたようで焦った。アーサーのたくましい胸板や腕、熱く脈打っている性器が目に飛び込んでくる。

「樹里、あまり保(も)たない。お前の口で達していいか？」

アーサーの手で頬を撫でられ、樹里は開いた口にアーサーの性器を入れた。あまり保たないと言ったように、口の中でアーサーの性器は先走りの汁を出し、熱く暴発しそうだった。アーサーの息が荒くなり、時おり髪を摑む手に力が入る。樹里は夢中で性器を吸った。

「樹里、少し動かすぞ」

アーサーが焦れたように口走り、突然腰をぐっと押しつけてきた。咽の奥までアーサーの性器が入ってきて、樹里はうろたえた。

「ん、気持ちいい……」

アーサーは樹里のうなじをとらえ、腰を突き上げ始める。快楽が深くなったのか、アーサーはやや強引に樹里の口を犯した。咽の奥まで何度も性器を突き上げられ、樹里は喘ぐような息遣いでそれに耐えた。苦痛はないけれど、物理的な苦しさで身体が震える。

「んっ、ん、う……っ」

まるで口の中が性器になったみたいだ。アーサーの反り返った性器が、激しく口内を犯す。逃げようとしてもアーサーの手がそれを許してくれず、信じられないほど深い所まで性器が入ってくる。

「出る、ぞ……っ」

アーサーの腰の動きが速くなり、かすれた声が耳に届く。次の瞬間には口の中に大量の精液が吐き出された。その衝撃で樹里はひくひくと震え、アーサーの性器を口から抜いた。

「はぁ……っ、はぁ……っ、はぁ……っ」

アーサーが荒い息遣いで肩を上下する。樹里は唇の端からこぼれ出る精液を慌てて押さえて飲み込んだ。痺れるような苦い味が咽を通っていく。何度飲んでも慣れないが、どうにか飲み干した。

「無理しなくていいのに」

アーサーは精液を飲み干した樹里に苦笑している。水を渡され、樹里は口の中を綺麗にした。

アーサーは身づくろいをすると、すっきりしたように再び樹里を抱き寄せる。

「モルガンの城までもうすぐだ。その前にしっかりと睡眠をとっておこう」

アーサーは樹里の額にキスをして、目を閉じた。行為で疲れたのか、ほどなくして寝息が聞こえてくる。

(ベッドで寝るの久しぶりだな。ホントに寝ちゃっていいのかな)

樹里は不安が先だってなかなか寝つけなかったが、それでもアーサーとクロが近くにいると心強くてうとうとし始めた。

(……大丈夫かな)

眠りにつく一瞬そう思ったものの、樹里はいつしか夢の世界に入っていた。

目の前に川があった。川の水は濁り、勢いはすさまじかった。横殴りの雨と頬を嬲る風の強さから、台風なのだということが樹里には分かった。

(あれ。これ、夢だな)

目の前に氾濫しかけている川があるが、それは樹里にはリアルな感触として伝わってこない。だからこれは夢なのだとすぐ分かった。泥水となった川は、倒木や大きな枝を巻き込んで、下流へと流れていく。吹きすさぶ大粒の雨が頬に当たり、樹里は目を瞬かせた。

どこからか声がして、樹里は振り返った。数人の大人が大声を上げている。川に向かって怒鳴っているようだ。よく見ると、小さな子どもが崩れかかっている木の根元にしがみついていた。

豪雨で全身ぐっしょりと濡れていて、今にも濁流に呑み込まれそうだ。

（あ、これ、俺じゃん？）

小さな男の子の顔を見て、樹里は記憶を呼び覚ました。昔、台風の日だというのに、近所の友達の家に行った日のことだ。その子の親からもう家に帰りなさいと言われ、もっと遊びたかったのにと不満だった樹里は、台風で増水している川を見に行った。怖いもの見たさだ。実際、荒れ狂う川はいつもとまったく違う景色で、子どもながらに興奮した。

少しだけ近づいてみよう。そんな軽い気持ちで土手を下りた樹里は、持っていたおもちゃを風にとられてしまった。おもちゃは川岸の大きな木に引っかかった。手を伸ばせばすぐにとれそうだった。

おもちゃをなくしたら怒られる。そう思った樹里は危険と知りつつ、木に近づいた。樹里は気づかなかったが、木は根っこを川の流れにとられ、かなり傾いていた。アッと思った時には、樹里は川に身体を引っ張られていた。懸命に岸に上がろうとしたが、まったく前に進めない。肝心のおもちゃは川に流され、その時になってようやく樹里は身の危険を感じた。

上流から、身の毛がよだつような恐ろしい音が聞こえてきた。

川の流れる音に混じって、異質な音がしている。怖々振り向くと、ありえないものが川に浮かんでいた。——車だ。

「た、た、助け……っ」

樹里はパニックになって叫んだ。乗用車が川に流されてこちらに向かってくる。あちこちにぶつかり、方向を変え、樹里を轢き殺そうとするように近づいてくる。

「ぎゃああ！」

樹里がしがみついていた木に、車はぶつかった。木が大きく揺れ、一瞬このまま流されると思ったが、深く張った根のおかげでかろうじて踏みとどまった。衝撃のはずみで、樹里は車のボンネットに乗っかった。そこで樹里は意識を失ったのだ。

（あれ、父さんだ）

意識を失った自分を俯瞰しながら、樹里は血相を変えて川に近づく男性を見つけた。ボンネットの上で倒れている樹里を見て、叫んでいる。懐かしい顔に思わず胸が熱くなった。何年も写真でしか見ていなかったから、動いている父を見てこんな感じだったかと感心したのだ。夢とはいえ、父を見ることができて嬉しい。

もっと父を見ていたいと思ったのに、情景が少しずつ消えていく。色が薄くなり、すべてのものがセピア色に変わっていく。目を凝らしてよく見ようとすると、何故か左手に飼い猫のクロが噛みついていた。クロは猫の姿で、樹里の左手に噛みついたまま、ぶらーんと身体を揺らしている。

「いってぇ！　何すんだよ、クロ！」

そう叫んだ瞬間、樹里は目が覚めた。

パッと目を開けると自分の身体の上にクロが乗っていた。夢と違い、大きな身体の銀豹の姿だ。しかも左手に噛みついている。

「噛みつくなっつの！」

クロを突き飛ばすと、樹里は左手を凝視した。手加減してくれたのか、歯形はついていたが、血は出ていない。

「もっと優しく起こしてくれよ！」

ベッドで前脚をざりざり舐めているクロに文句を言いながら、樹里は起き上がった。昨日はこの城に泊まったことを思いだした。アーサーは隣で樹里が怒鳴っているにも拘(かかわ)らず、すやすやと寝ている。

「今、何時だ……てか、朝なのかな」

樹里たちが泊まった部屋には窓がないので、外の様子が分からない。体感的にはぐっすり寝た気がするので、もう明るいだろう。

「アーサー、起きろよ」

隣にいるアーサーを揺するが、ぜんぜん起きてくれない。気持ちよさそうに眠っているので、起こすのも悪い気がしてきて、樹里は一人でベッドを抜けた。

桶(おけ)の水で顔を洗い、マントを羽織り、クロと一緒に部屋を出た。マーリンとランスロットはどの部屋に泊まったのだろう。長い廊下を歩きつつ、樹里は窓から外を眺めた。雪はまだ降っているが、吹雪は収まったようだ。真っ白な空を見上げ、白い息を吐いて広間へ向かう。

「あれ……」

広間に辿り着いた樹里は違和感を覚えて立ち止まった。

広間には大勢の騎士や神兵がいた。皆思い思いの場所や体勢で寝ている。それはいいのだが、誰一人起きている者がいないのが問題だ。

「おい、起きろよ。もう朝だぞ」

樹里は壁を背にして寝ている騎士を揺さぶった。何の反応もない。樹里は顔を強張らせて、手あたり次第の騎士や神兵たちを起こしていった。けれど、誰も目を覚まさない。ひょっとして死んでいるのかと青ざめたが、脈を測ると正常だ。ただ単に眠っているだけのようだ。

「や、これ、おかしーだろ……」

樹里は真っ青になって、急いでアーサーが眠っている部屋に駆け戻った。

ベッドに横になっているアーサーの頰を叩く。けっこう思い切り叩いたのに、アーサーはぴくともしない。瞼(まぶた)が上がることはなかった。

「や、やべぇ。全員寝てんのか、まじやべぇ」

まずい状況なのは分かるのだが、どうしたらいいか見当もつかない。アーサーに頭突きを食らわしたり、クロを真似て嚙みついてみたが、ちっとも起きてくれないのだ。

「クロ、ど、どうしよう」

樹里は途方に暮れてクロと見つめ合った。クロは樹里さえ起きていればいいのか、吞気なものだ。ともかく誰か起きている人がいないかと、樹里は城内を駆け回った。マーリンは広間の隅にうずくまって寝ていた。どうやっても起きてくれない。

(まさか、食事の中に眠り薬が?)

考えられるのは、騎士たちが食べた食事だ。あの中に睡眠薬でも入っていたのだろうか？　けれどマーリンは万が一を考えて食事には手をつけないと言っていた。なにより、食事はマーリンが検分して大丈夫だと保証した。では、どうして、皆眠り続けているのか。

「神の子」

呆然自失としていた樹里は、聞き覚えのある声に跳び上がった。振り返ると、広間の入り口にランスロットが立っていた。ランスロットがはっきり覚醒しているのを見て、樹里は嬉しくなって駆け寄った。

「よかった、意識があるのですね。みな眠り込んでおり、どうしようかと思っていたところです。アーサー王の寝所がどこだか分らず……」

ランスロットは駆け寄ってきた樹里を安心させるように微笑んだ。

「そうなんだよ！　アーサーが起きてくれないんだ。マーリンも寝ちゃってるし……、どうなってるか分かるか？　ランスロット」

樹里は縋（すが）りつくようにランスロットに言った。

「私にも分かりません。城の扉付近に立てた見張りの騎士も、眠っております。どうやらこの城の中で起きているのは私と神の子だけのようです」

ランスロットは厳しい面持ちで話す。

やっぱりこんな怪しい城に泊まるべきじゃなかったと樹里は悔やんだ。本来なら警戒するはずの騎士たちも、疲れと吹雪で精神が参っていたに違いない。

「カテリーナは？」

この城で起きている異変について一番知っているのはカテリーナだ。

「彼女の姿も見当たりません。おそらく私が目覚めているのは、このネックレスのおかげでしょう」

ランスロットは首にかけられた翡翠色の石のネックレスを取り出す。宝石が弱々しい光を放っている。地下神殿で得たネックレスは、確実にランスロットを守っているのだ。

「俺は多分、クロが起こしてくれたからだと思う。左手に噛みついてきてさ、目が覚めたんだ」

樹里は左手についたクロの噛み痕を見せようとした。時間が経ったせいか、もううっすらとしか残っていない。

「痛みで目覚めるでしょうか？」

ランスロットの目が光り、近くにいた騎士の頬を叩く。樹里と違い、けっこうな力で叩くので見ているこっちが慄いた。けれど、騎士は一向に目を覚まさない。

「駄目なようですね……」

ランスロットは痛みでは無理だと首を振った。

「ランスロット、どう思う？　これってモルガンの仕業かな……」

樹里は不安になって目を伏せた。カテリーナはモルガンの送った刺客なのか——そう思った時、震える吐息とひそやかな足音が聞こえてきた。

「とんでもありません。私は心よりモルガンを憎む者……、アーサー王を助けこそすれ、陥れようなどとは露ほども思っておりません」

広間に入ってきたのはカテリーナだった。赤く口紅を引いた唇がわなわなとする。

「でもここに来た皆が眠っちまって起きないんだぞ！　お前がやったんだろ！」

樹里はカテリーナを見つけ、大声で迫った。カテリーナは怯えるように身を引き、涙目で首を振った。

「私ではありません。私にも何故、皆様方が眠ってしまわれたのか分からないのです……」

「嘘つけ！　大体最初からおかしいと思ってたんだ、第一、お前以外、誰もいないのが怪しい！正体を現せ！」

樹里はカテリーナに飛びかかろうとした。すると、それを制するようにランスロットが割って入り、鼻息の荒い樹里を宥める。

「神の子、落ち着いて下さい。か弱き女性をそのように責め立てるのは心が痛みます」

ランスロットはあくまで紳士然として言う。樹里としては止められて腹が立つばかりだ。絶対にこの女は怪しいのに、ランスロットは見かけに騙されている。どうして自分と一緒にカテリーナの正体を暴いてくれないのか、腹立たしさは募る一方だ。

「ああ、ランスロット様。さすが騎士の誉れと賞賛されるお方です。私は本当に何もしていないのです。信じて下さいませ」

カテリーナはランスロットの背中にしがみつき、ハラハラと涙をこぼす。まるで樹里がいじめっ子のようだ。樹里は真っ赤になって拳を握った。

「信じられっかよ！　早く皆を起こせ！」

樹里はランスロットの陰に隠れるカテリーナに怒鳴った。

「神の子、どうかここは私に任せて。彼女は本当に知らないのかもしれません」

ランスロットに手で制されて、樹里は不満ながらも拳を下ろした。絶対にこの女は怪しいと思うが、怒鳴って正体を現すようにも見えない。とりあえずランスロットに任せることにして、樹里は広間を出ていった。

廊下や城の階段にはランスロットが言っていたように見張りの騎士が倒れていた。城の外はどうだろうと大きな扉を開けてみると、一面の銀世界が広がっていた。ずっと雪が降っていたのか、ずいぶん積もっている。数メートル歩いて門の外を覗いた樹里は、瞬(まばた)きを繰り返した。門の先からよく見えない。雪が降っているせいだけではなく、白くぼやっとしたものが視界を遮っている。霧だろうかと考えたが、雪が降っているのに霧があるのも変な話だ。

「クロ」

樹里がなおも先に進もうとすると、クロが樹里のマントを銜えて引き戻す。クロの野生の勘が行くなと言っているのかもしれないと思い、樹里は城に戻った。

（あれ？　俺、何か忘れてるな）

石造りの廊下を歩きつつ、樹里は胸の辺りを手で撫でた。何か大切なものを忘れているような焦燥感(しょうそうかん)に囚われた。あれこれ考えてみたが、思い出せない。アーサーたちが正体不明の眠りに襲われて、苛立ちが募っているからそう感じるだけだろうか。ふいにどこからか鐘の音がして、樹里は顔を上げた。教会で聞くような深く長い響きを伴った音色だ。近くに時刻を知らせる鐘楼(しょうろう)でもあるのかもしれない。

「ん？」

階段を上って広間に戻ろうとした樹里は、見覚えのない廊下に出て立ち止まった。

上がる階段を間違えたのだろうか？　広間ではなくて、小さい部屋がいくつか並んでいる。試しに一つ開けてみると、大きな絵画が飾られている。胸元の開いたドレスを着たカテリーナが小さな子どもを抱いている肖像画だ。カテリーナには子どもがいるらしい。壁に一枚大きな絵がかかっている以外、部屋には何もない。

「この城、やたら絵が多いんだよなぁ……」

ぶつぶつ呟きながらドアを閉めて、隣の部屋のドアを開けた。

「なんだこれ」

隣の部屋も壁に大きな絵がかかっているだけだ。カテリーナと成長して大きくなった子どもが椅子に腰を下ろしている。子どもは十歳くらいだろうか。大きな部屋ではないが、一枚しか絵を飾らないなんて、空間の無駄遣いだと切に思う。

樹里はドアを閉めて、隣の部屋に移動した。また絵だけかなと予想しつつ、ドアを開けた。

案の定、この部屋も絵が一枚かかっているだけだった。今度はカテリーナは椅子に座っていて、その隣に青年が立っている。成長した子どもだろう。なかなかのハンサムで、いかにも貴族といった豪華な羽のついた帽子を被っている。胸元に勲章(くんしょう)らしきものをつけているので、騎士かもしれない。

　要するにここはカテリーナと彼女の息子の絵の部屋らしい。それにしても一部屋に一枚なんて贅沢だ。そう呑気に思った樹里は——ふと、あることに気づいて顔を強張らせた。

　焦って隣の部屋に移動し、ドアを開ける。

　そこにはやはりカテリーナと息子の絵がかかっていた。呆然と立っているカテリーナと、床に倒れて絶命している息子の絵だ。息子は口から血を流し、苦悶（くもん）の表情で死んでいる。

（な、なんで、カテリーナの姿は変わらないんだ……？）

　息子の死を肖像画に残すのも変だが、それ以上に息子は歳をとっているのに、カテリーナの見た目が変わらないというのが奇妙だった。何かおかしい。何か変だ。樹里は薄気味悪さを感じて部屋を飛び出した。

　隣にもう一つ同じような扉の部屋があったが、樹里は見るのが恐ろしくなって廊下を走って逃げ出した。この城に長居したくない。アーサーの元へ行き、もう一度起こしてみよう。そう思いながら廊下の角を曲がった樹里は、向こうからやってきた人物とぶつかってしまった。相手が甲冑を着ていたので、樹里だけ引っくり返った。

「神の子！　大丈夫ですか⁉　申し訳ありません、突然飛び出してこられたので……」

　ぶつかった相手はランスロットだった。床に転がる樹里を抱き起こし、ランスロットが心配そうに見つめてくる。

「前も思ったのですが、どうも私はあなたの気配に気づきにくいようなのです。理由は分かりませんが……」

「だ、大丈夫……。ちょっと焦ってただけだから」

不気味な部屋から逃れたい一心で、前方不注意だった。乱れた前髪を直しながら立ち上がると、ランスロットがホッとしたように樹里の頭を撫でた。そういえば訓練所でも樹里の気配に気づかなくて驚いていたっけ。樹里の記憶がないことと関係しているのだろうか。

「あなたをお捜ししていたのです。姿が見当たらなくなったので」

ランスロットにじっと見つめられ、樹里はランスロットの背後にカテリーナを捜した。けれど、石造りの廊下には誰もいない。

「カテリーナ殿は鐘が鳴ると同時に消えてしまいました……」

ランスロットは困ったような笑みを浮かべて言葉を濁す。樹里は意味が分からずランスロットの説明を待ったが、ランスロット自身、それ以外の答えを持っていないようだった。

「それより、騎士が数人目が覚めたのです。アーサー王がご無事かどうか、アーサー王の寝所へ参ってもかまいませんか?」

ランスロットはくるりと方向転換して言う。全員寝たままかと思っていたが、そういうわけでもないらしい。樹里は目を輝かせ、速足で広間へ向かった。広間では数人の騎士がだるそうな表情で壁にもたれて座っていた。

「彼らは先ほど目が覚めたようで、まだぼんやりとしているのですが……」

目は覚めたものの、まだぼーっとしていて、話しかけてもまともな返事はなかった。ランスロットと話し込んでいると、部屋の隅にいたマーリンが起き上がった。

「マーリン！　目が覚めたか！」

マーリンがよろよろと歩いている姿を見て、樹里は大きな声を上げた。マーリンはしきりに頭を振りつつ、樹里とランスロットの前に来る。だがそこで力尽きたように座り込んでしまった。

「マーリン、皆が寝ちゃって起きないんだよ。何か術でもかかってるのか⁉　しっかりしてくれよ！　アーサーも寝たままなんだよ！」

樹里はマーリンの肩を揺さぶった。マーリンは重そうに頭を押さえ、眉根を寄せる。

「父の夢を見た……」

マーリンはこめかみを手で揉みながら、呟いた。

「え？」

父の夢——父というのはネイマーのことだろう。そういえば樹里も亡くなった父の夢を見た。二人して同じ人物の夢を見るなんて、これは偶然だろうか？

「うかつだった、ここは忘れじの城……。何故迷い込んだのか……」

マーリンは朦朧（もうろう）とした様子で言う。忘れじの城？　マーリンはこの城に関して何か知っているようだ。もっとくわしく知りたい。

「どうすれば、皆が目覚めるのか教えてくれよ！」

樹里の問いにマーリンは口をぱくぱくとさせたが、樹里には伝わらなかった。

「害はない……、いずれ皆起きる」

かすれた声でそう言うなり、マーリンはまた瞼を閉じてしまった。今度は揺さぶっても叩いても駄目で、樹里は諦めてマーリンを壁にもたせかけた。

「ランスロット、忘れじの城って知ってるか?」

樹里は暗い面持ちでランスロットを振り返った。ランスロットは聞き覚えがないようで、申し訳なさそうに首を横に振る。唯一の救いは『害はない、いずれ皆起きる』というマーリンの言葉だ。待っていれば皆の目が覚めるならいいが……。

「神の子、一つ気になっていたことがあるのですが」

力なく立ち上がった樹里に、ランスロットが誘うように歩きだす。広間から繋がっている別室にランスロットは向かっている。昨日アーサーたちが見ていた絵画や調度品が置かれた部屋だ。

「あそこにかかっている絵……」

ランスロットは部屋に入るなり、天井近くに飾ってある貴族らしき男性の肖像画を指さす。

「うん?」

樹里は見覚えがなかったので、首をかしげてランスロットを見た。

「あれはウイリアム卿です。ユーサー王に反逆の疑いをかけられて殺された……。私はその時の記憶がないのですが」

ユーサー王に反逆の疑い? 樹里は記憶を辿って考え込んだ。そういえば馬をよく寄贈していた貴族があんな顔をしていたような気がする。確か、会議の場でジュリに殺されたとアーサーが教えてくれたような……。

「あ、そっか。あん時、俺とランスロットはラフラン領に逃げてたから」

ぽろっと口にしたとたん、ランスロットの目が大きく見開かれた。

「私と神の子がラフランに？」

困惑した声で問われ、樹里はしまったと口をふさいだ。ランスロットは樹里に関する記憶を失っているのだ。どうやってごまかそうかと頭を巡らせていると、ランスロットが強い力で樹里の肩を摑んだ。

「何故そのようなことに？　私とあなたの間に何が起こったのです？　いや、そもそもどうして私にはあなたに関する記憶がないのか――」

ランスロットは溢れる疑問を吐き出すように声を荒らげた。樹里はその勢いにびっくりしてしまって、固まった。ランスロットは苦しげな目つきで樹里を見据え、震える吐息をこぼした。

「カムランの地より戻って以来、私は失った記憶に怯えているのです。何か大切なものを失くしたような……、あなたを見るとふとした拍子に胸が疼(うず)き、心がざわつきます。私はあなたにひどいことをしたのではありませんか？　もしそうなら、おっしゃって下さい。どのような詫びでも致します」

ランスロットは樹里の前に膝を折り、切実な眼差しで見上げてくる。記憶を失くしたといっても、ランスロットの中にはまだ樹里との記憶が存在していて、それが時々こぼれてくるのかもしれない。このままで本当にいいのか、分からなくなる。

「ひどいことなんてしてないよ。えーとその……、ラフランに行ったのは、いろいろあって……

ランスロットは俺が冤罪(えんざい)をかけられたのを庇ってくれたんだよ。ランスロットに感謝こそすれ、詫びさせることなんてないよ」

　樹里はしどろもどろで言い募った。ランスロットが自分に抱いた微妙な気持ちなど、口にはしたくない。

「本当にそうなのですか」

　ランスロットは疑うように樹里を見る。樹里が嘘をついていると思っているらしい。

「本当にそうだってば。ランスロットが悪いことするはずないだろ。そんな奴なら、妖精王は助けない」

　樹里は意気込んで答えた。樹里の言い分に一理あると思ったのか、ランスロットは得心がいかないという表情ながらも立ち上がった。

「そうですね……。もし私が妖精王の意に沿わぬ行動をしていたのなら、この妖精の剣は取り上げられていたはず……」

　ランスロットは妖精の剣を鞘(さや)からほんの少し引き上げて呟いた。わずかに抜いただけでも妖精の剣の光が周囲にこぼれ出てきた。妖精の剣はランスロットにしか抜けない。その剣には妖精の力が込められている。

「そうだよ！　もっと自分に自信を持てよ！」

　樹里もホッとして軽口を叩いた。

「それにしてもなんでウイリアム卿の絵が？」

樹里は気になって壁にかかった絵を見上げた。そういえばアーサーも複雑な顔つきで、ここにある絵を見ていた。

「え、ってか、あれユーサー王じゃね⁉」

ある肖像画を見た樹里は、びっくりして声を上げた。小さい絵なので気づかなかったが、はじっこにユーサー王の肖像画がかかっている。よく見れば他にもバーナード卿や、亡くなった騎士の姿がある。

「ど、ど、どーなってんの⁉」

自分には無関係の人の絵だと思って真面目に見ていなかったが、よく見てみればすでに亡くなっている人物の絵ばかりだ。

「アーサー王は昨日の段階で気づいておられたようです。死者の絵がかかっていると」

ランスロットはそう言うが、そんな怪しい城と気づいていたなら、泊まらないでほしかった。

「死者の絵を見たせいでしょうか。私も昨夜は亡き父母の夢を見ました」

しんみりした調子でランスロットが言い、樹里は胸を騒がせた。先ほど少しだけ目覚めたマーリンも言っていた。父の夢を見た、と。

「あのさ、俺も亡くなった父さんの夢を見たんだよね……。これって偶然かなぁ」

皆が揃って亡くなった人の夢を見るなんてことがあるだろうか。ランスロットは思案するように腕を組んだ。

とりあえずアーサーの元へ行こうと、樹里は寝所にランスロットを案内した。階段を使い、奥にある寝所に入って、寝床のアーサーを覗き込む。まだ起きていない。何度か声をかけてみたが、目覚める様子はなかった。

「そういや、夕べ寝る前に、アーサーが何か言いかけたんだよな」

アーサーの寝顔を見ていたら思い出したことがあって、樹里は手を叩いた。もしかしたらあれは、こうなることを予期していたのかもしれないと思ったのだ。

「アーサー王はこうなることを分かっておられたのでしょうか。ともかくご無事な姿を見て安心いたしました」

ランスロットはアーサーの脈があることを確かめてとりあえず安堵したようだ。アーサーの傍にずっといたいという気持ちは強いが、ここで待っていても起きるとは思えない。樹里はランスロットと広間に戻った。先ほど目覚めた騎士のうち二人がかなり回復しているのが分かり、補給地に戻って応援の部隊を呼んでくるよう指示した。アーサーとマーリンが眠っている間、ランスロットが指揮をとることになった。

「必ず応援を呼んで参ります」

騎士二人は荷物に食料を詰め込み、ランスロットの書いた手紙を持って城を出ていった。ちょうど雪はやんでいて、騎士二人は積もった雪に足をとられながら遠ざかっていく。

広間のテーブルに食事は残っていたが、起きている者たちは手をつける気にはなれず、持参している豆や干し肉をかじって腹を満たした。

その日、アーサーは目覚めることはなかった。

マーリンや他の騎士たちも、深い眠りについたままだ。樹里とランスロットは城内をくまなく歩き回ったが、とりたてて珍しい部屋はなかった。武器庫には錆びた大ぶりの剣があるくらいだし、宝物庫には埃が積もったアクセサリーくらいしかなかった。女主人がいるわりに宝飾品は少なく、この城の経済状態が悪いことが分かる。

不思議なことに、昼間見たカテリーナと息子の絵が飾られていた部屋が夕方にはなくなっていた。なくなってしまうと、もしかしたら夢だったという気もしてきて、樹里は口に出すことができなくなった。肝心のカテリーナの姿も消えていた。樹里が責め立てたので避けているのかもしれない。

ランスロットが寝所の外で見張りに立つと申し出てくれたが、樹里は大丈夫だと断った。害はないというマーリンの言葉を信じて、夜はアーサーが寝ている寝所で休んだ。朝がきたらアーサーが目覚めますようにと念じて眠りについたが、次の日の朝がきても、アーサーは深い眠りの底に落ちたままだった。

「どうなってんだろうな、クロ。忘れじの城ってなんなんだ……」

外では朝もやが城を覆い隠さんばかりに漂っている。樹里はアーサーのいる寝所を離れて城内を歩いた。広間では数人の騎士が新たに目覚めて、異変に慄いている。今はまだ起きている騎士なるのだろう？

が少ないからいいが、目覚める騎士が増えるにつれ食料が問題になるだろう。数日内にモルガンの城へ攻め入る予定だったのに、この城で足止めを食っている。ケルト族と落ち合う予定はどうなるのだろう？

渡り廊下を歩いていた樹里は、突き出た部分の長方形のバルコニーにランスロットとカテリーナが立っているのを目撃した。

(あの女が何か知ってるに違いない)

樹里はカテリーナを問い詰めるために、二人の元へ走った。樹里にはどうしてもカテリーナがふつうには思えない。魔女が化けているか、悪鬼の類か、正体を見極めてやると意気込んで駆けつけた。

「ランスロット様……」

カテリーナの甘えるような声が聞こえて、樹里はバルコニーの近くの柱に身を潜めた。そっと覗き込むと、カテリーナがランスロットの厚い胸板に顔を埋めている。色仕掛けか、と樹里は焦って息を止めた。割り込むつもりだったが、何だか出ていきにくい雰囲気になってしまった。

「あなたのような素晴らしい騎士にはお会いしたことがございません。どうか、私を守っていただけませんか？　あなた様を一目見た時から、私は好きになってしまったのです」

カテリーナは目を潤ませてランスロットを見つめている。ランスロットは動揺した様子もなく姿勢を正してカテリーナを見つめ返す。

「カテリーナ殿、私はこれから魔女モルガンを倒すという使命を負っております。あなたのお気持ちは大変嬉しく思いますが……」

ランスロットは抱きつくカテリーナをやんわりほどく。さすがランスロットだと感心していると、カテリーナがランスロットの手を握った。

「では魔女モルガンを倒した暁には、私の元へ戻ってきて下さいますか？　どうか私を愛して下さいませ」

カテリーナは恋する女性の強気な態度でランスロットに迫っている。押しに弱そうなランスロットが約束を交わしてしまうのではないかと、樹里は不安になった。人の恋路を邪魔するほどやぼではないが、カテリーナのような怪しい女性によろめいてほしくない。

「申し訳ありません。私には心に決めた方がおります」

思いがけずランスロットの凜とした声が響き、樹里は驚愕した。自分のことは忘れているはずだから、ひょっとしてグィネヴィアと約束を交わしたのだろうか？　樹里が驚きに息を呑んでいると、カテリーナは激しくランスロットを問い詰めた。

「どなたです？　騎士の誉れであるランスロット様の心を射止めた方は、どなたなのですか⁉」

カテリーナに詰問され、ランスロットは口を開きかけ、何故か動揺したように口を押さえた。

「どなた……？　そういえば、誰なのでしょう。私には確かに愛する人がいる……、だが、それが誰だか思い出せない……」

ランスロットは身をよじるようにして、大きく身体をわななかせた。てっきりグィネヴィアのことだと思っていたので、樹里まで動揺した。ランスロットは両手で頭を鷲摑みにして、膝を折った。

「どうなっている、何故だ、思い出そうとすると頭の中にモヤがかかる……！　私には忘れてはならない大切な人がいるはずなのに……っ」

ランスロットは身の内に轟く激情を抑えきれなくなったように、声を荒らげた。カテリーナが身を震わせ、細い手でランスロットの背中を撫でる。

「ランスロット様、しっかりなさって。あなたには何か秘密があるのですね、私がその秘密を解いて差し上げましょう」

カテリーナの白い指がランスロットの乱れた前髪に触れそうになる。勝手にそんなことをされたら困ると思い、樹里は柱の陰から飛び出した。

「ランスロット！　その女は危険だって言っただろ！」

樹里が大声を上げて姿を現すと、カテリーナが反射的に身を翻した。逃げるのかと思い睨みつけた樹里は、不意にカテリーナの身体が宙に消えたのを見て、目を剝いた。

「な、な、な……っ」

さっきまで目の前にいたはずのカテリーナが忽然と消えてしまった。明らかにおかしい。どう見ても生きているものではない。

「神の子……、何故ここに？」

ランスロットは面食らって居住まいを正す。隠れて見ていたとは言えず、樹里は視線を逸らした。

「ランスロットを捜してたら、二人の姿が見えたからさ……。それより、あの人、どうなってんの？　消えちゃったけど！」

カテリーナがどこかに隠れていないか周囲を見渡したが、隠れる場所など存在しない。動揺する樹里と相反して、ランスロットは平静を取り戻していた。

「カテリーナ殿は、おそらく生きておられない方なのでしょう」

淡々と言われ、樹里は困惑してランスロットを見た。

「知ってたのか？」

「なんとなく……」

ランスロットはカテリーナに対し、何か思うところがあるようだった。どんな時も冷静なランスロットに、樹里は脱帽するしかなかった。幽霊相手でも紳士的な態度で接するなんて、樹里には真似できない。

「じゃ、じゃあ俺たち幽霊の棲む城に来ちゃったってわけか？　あの食事は⁉」

今さら震えがきて、樹里は背後を確認した。幽霊の出した食事を食べた皆が心配だ。

「さぁ……。ですが食事に関してはマーリン殿が心配いらないと言っていたので大丈夫ではないかと」

ランスロットもすべてが分かっているわけではないようだ。樹里はいろいろ思い当たる節があって、がっくりと肩を落とした。カテリーナと彼女の息子の絵は、カテリーナの生前の出来事なのかもしれない。自分より先に息子が死んだのだろう。だとすると、カテリーナはいくつなのだろう？

「やっぱ一回経験があるから、ランスロットってば」

ラフラン領で幽霊になったランスロットを思い出して、樹里は口を滑らせた。じっとランスロットに見つめられ、慌てて口を閉じる。

「ご、ごめん。なんでもない」

ランスロットに背を向けて歩き出そうとしたのに、進めない。驚いて振り向くと、ランスロットが感覚を失った樹里の右手を握っていた。

「冷たくなっていますね……この城が冷えているせいでしょうか」

ランスロットは切なげな瞳で樹里の右手を見つめた。妖精王に機能を止められているせいか、右手の感覚はぜんぜんない。ランスロットに手を握られても、何も感じない。

「神の子——いいえ、樹里様」

ふいに名前を呼ばれ、樹里はどきりとした。ランスロットの目がきらりと光った気がして、胸が騒ぐ。

「変なことを言いだして申し訳ありません。ですが、どうしても聞きたいのです。私が心からお慕いした方——それは、あなたなのではありませんか？」

熱情の籠もった瞳で射すくめられ、樹里は言葉を失った。どう答えたらいいのか分からない。もしかしたらランスロットは記憶を取り戻したのだろうか？　何か心当たりがあって、こんな言葉を樹里に投げつけるのか。

「教えて下さい。私は——私が愛したのは——」

ランスロットがにじり寄ってきて、樹里は危機感を覚えて眦を上げた。

「違うよ！」

つい強い口調で言ってしまう。樹里は内心の焦りを見せまいとしながら、ランスロットを見上げた。

「だって俺はアーサーと恋仲なんだよ？　アーサーに忠実なランスロットが自分の主君の恋人に横恋慕するわけないだろ。俺じゃなくて、グィネヴィアじゃないかな？　グィネヴィアと仲がいいしさ」

ランスロットの言葉を否定したくて、余計なことまで口走る。真実を明かしたらどうなるか怖くて、とてもじゃないけれど口にする気にはなれない。

「姫と……？」

ランスロットは困惑した様子で樹里の手を離した。全く心当たりがないわけではなさそうだったので、樹里は追い打ちをかけるように重ねた。

「そうだよ、きっとグィネヴィアだよ。二人はお似合いだしさ」

樹里は笑顔を取り繕って言った。ランスロットにつらい記憶を取り戻してほしくなかった。すべての出来事を思い出したら、真面目なランスロットのことだから、激しい後悔に苛まれるに違いない。ランスロットが苦しむ姿は見たくない。自分を好きだったことは、忘れてほしかった。

「そう……なのでしょうか」

ランスロットは腑に落ちない様子ながらも引き下がった。

「そうに決まってるよ」

樹里はそう嘯（うそぶ）いて、ランスロットに背を向けた。


この城に長居するのは危険だと、樹里はひしひしと感じていた。どうにかして皆を起こさなければと広間に向かい、現状を確かめる。時間の経過と共に、目覚める騎士たちが増えてきた。重そうに頭を振って立ち上がったのは、マーハウスだ。

「頭が重い……。どうなっているのですか？」

マーハウスはテーブルの料理を人一倍平らげていたから、食事の量と睡眠時間の長さに因果関係はなさそうだった。ランスロットが状況を説明すると、眉間（みけん）のしわを揉んでため息をこぼす。

「祖父母の夢を見ておりました。亡くなって、もうだいぶ経つというのに……」

マーハウスも死者の夢を見ている。これは絶対に偶然ではない。恐々としていると、ふらつきながらマーリンが立ち上がった。

「マーリン！　大丈夫か⁉」

樹里が駆け寄ると、マーリンは何度も目を瞬かせて、懐（ふところ）から巾着袋を取り出す。

「私はあれからどれくらい寝ていた？」

マーリンは巾着袋の中身を手に取り出しながら、イライラした様子で聞く。

「一日だよ。アーサーはまだ寝たままなんだ。マーリン、忘れじの城ってなんだよ?」

マーリンが眠る直前に放った言葉が気になり、樹里はせっついた。巾着袋の中には豆が入っていたようだ。

「亡者の棲む城だ。そこでは、亡くなった人に会えるという。昔話のようなものと、信じていなかったが……」

マーリンは持ってきた荷物をひっくり返しながら話す。だから皆死んだ人の夢を見たのか。

「じゃあ、そのうち皆起きる?」

アーサーは二日間寝ている。

「悠長に目覚めを待つ余裕はない。無理やり起きてもらうために、カンカラの草が必要だ。入れたと思っていたが、持ってこなかったのか……。失態だ」

マーリンは持っていた荷物をすべて調べると、歯ぎしりする。マーリンはランスロットから応援部隊を要請したことを聞くと、わずかに表情を弛めた。

「最悪の場合、寝ている奴らを置いて、我々だけでも先に進むしかない。むろん、アーサー王には目覚めていただかねばならないが……」

マーリンは広間に横たわる騎士や神兵を見渡して呟く。点呼をとってみると、目覚めているのは現在、マーハウスを含め騎士が十五名、神兵二名。それに樹里とランスロット、マーリンだ。マーハウスは相棒と言われるユーウェインを置いていくことになるかもしれないと分かると、青ざめてユーウエィンの頬を叩いている。この二人は本当に仲がよい。

「アーサー王のところへ行こう」

　樹里はマーリンとランスロットを伴い、アーサーの寝所へ戻った。アーサーは相変わらずすやすやと眠っていて、起きる気配はなかった。クロは我が物顔でベッドに飛び乗ると、長い舌でアーサーの顔を舐めている。

「ここの女主人のカテリーナには、皆を目覚めさせる力はないのか？」

　樹里は不安になってマーリンを仰いだ。マーリンは難しそうに部屋の隅を見やる。

「死者にそんな力があるとは思えない。我々は廃城に迷い込んでしまっただけだ。全員が目覚めたら、きっとこの城は本来の朽ち果てた姿に戻るだろう」

　マーリンの話によると、今は幽玄のはざまにいる状態らしい。樹里の目には整った豪華な部屋に見えるが、本来は埃にまみれたぼろぼろの部屋だそうだ。急に見ているものがすべてまやかしに思えて、樹里はゾッとした。

「アーサー、起きてくれよ」

　樹里は途方に暮れてアーサーの身体を揺する。試しにクロにがぶりと手に噛みつかせてみたが、なんの反応もなかった。

「考えたのですが……アーサー王はこの城のことをある程度ご存じだったのではないですか？」

　アーサーの寝顔を見ていたランスロットが、ぽつりとこぼした。マーリンは驚いてランスロットを振り返った。

「樹里様にも話しましたが、アーサー王は亡くなった方の絵だと気づいておられたはず。それでもあえてこの城に泊まったのは」

「まさか、死者に会いたかったからって言うのか⁉」

樹里はランスロットの推理に呆れて声を上げた。好き好んで死者と会いたい奴などいないと否定しようとしたが、思い当たる人が浮かんできて、ハッとした。

「ユーサー王と……？」

アーサーが会いたいと思う死者——それは父親であるユーサー王以外、考えられない。マーリンも渋い顔で黙り込む。ユーサー王は息子でありアーサーの弟であるモルドレッドに殺された。アーサーが僻地(へきち)に追いやられていた時の出来事なので、アーサーは父王の死に立ち会っていない。最期はジュリにそそのかされおかしくなっていたユーサー王だが、アーサーにとっては父であり、長い間キャメロット王国を守った賢王だ。夢でもいいから会って話したいと思うのは当然の感情だ。

「……ともかく、長居していい城ではない。樹里の身体のこともある。これ以上、ここで足止めされるわけにはいかないのだ」

マーリンはちらりと樹里を見た。樹里は動かない右腕を見つめ、唇を噛んだ。タイムリミットは迫っている。それなのに、まだモルガンの城にも辿り着けないでいる。マーリンは外の様子を見てくると言って、部屋を出ていった。五分ほどして戻ってきたマーリンは、雪がやんでいる今が出ていくのにちょうどいいと言いだした。

「起きている者だけで、城を出よう。アーサー王は誰かが背負うか、神獣に頼むしかない」

マーリンはクロを覗き込んで言った。クロは情けない顔で跳び上がると、アーサーの手を甘噛みする。甲冑を着けたアーサーがどれくらい重いか分かっているのだ。

城を出たらアーサーは目覚めるのだろうか。今、アーサーが亡きユーサー王と話しているのだとしたら、無理やり運び出すのも気の毒な気がする。

「では、急ぎ準備します」

ランスロットは厳しい顔つきに変わり、さっそうと部屋を出ていった。目覚めた者に状況を説明させるために、神兵を一人残していくことにした。樹里は自分の荷物をまとめた。数時間前に起きたアーサーの従者であるルーカンには、アーサーの身づくろいを頼んだ。寝ている状態のアーサーに甲冑を着けるのはかなりの重労働で、マーリンが手伝っている。

一人でも多く起きないかと樹里が広間に戻った、その時だ。

「神の子、ケルト族からの知らせが！」

見張りに立っていた騎士が目を輝かせて飛び込んできた。ランスロットと城の門まで走ると、色のついた煙が少し離れた場所に立ち上っている。

「私が急ぎ、彼らを呼んでまいりましょう」

ランスロットはそう言って城を出ていった。ケルト族は皆無事だったのだろうか。彼らが光明となることを期待して、樹里は城で待っていた。

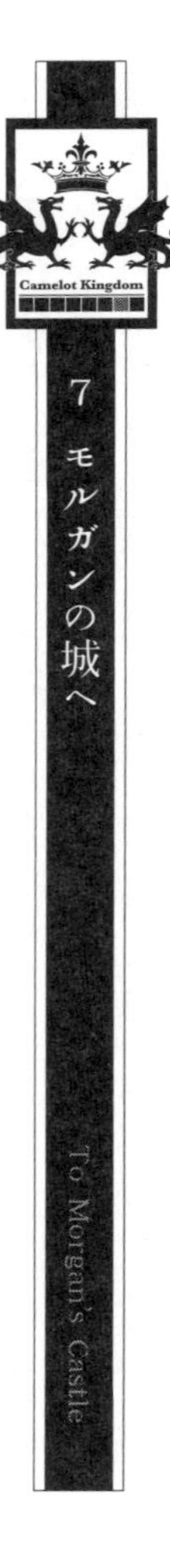

数刻ののちに城に辿り着いたケルト族は、十五名だった。ケルト族も例の肉を食べて幻覚に襲われたそうで、半分の十五名は戦力にならないほど負傷したという。負傷した者は村に帰し、闘える者だけでここに来たのだ。

グリグロワは忘れじの城へ足を踏み入れ、感嘆したように言った。

「話には聞いたことがある。ここが……。不思議だ、このような場所があるとは」

ケルト族も、この城に驚愕している。マーリンはグリグロワたちに「カンカラの草を持っていないか」と藁にも縋る思いで尋ねる。すると、幸いにも一人の男が所持していた。

「ありがたい！　それがあれば、数人分の目覚めの薬が作れる」

マーリンはカンカラの草をもらうと、火をおこし、水と持っていた黒い粒、カンカラの草を器に入れて煮始めた。かなり強烈な臭いが部屋中に広がり、そのせいでユーウエィンが目覚めたほどだ。

「頬が異常に熱いのだが、何かあったのか」

ユーウエィンはマーハウスに殴られたせいで赤く腫れ上がった頬を押さえ、しきりに首をひねっている。マーハウスは相棒を置いていかずにすんで、跳び上がって喜んでいる。

一時間ほど煮詰めて、十人分の薬ができた。

「誰に薬を飲ませるか、検討しよう。樹里、まずアーサー王にこの薬を」

樹里は不味そうな薬をカップに注がれて、緊張して頷いた。こぼさないようにと気をつけて寝所に行くと、ルーカンがアーサーの足に革靴を履かせていた。甲冑を身に着けさせる作業はぜんぜん進んでいない。

「薬、飲ませるからアーサーを起こしてくれるか？」

樹里はルーカンに頼んで、アーサーの上半身を起こしてもらう。口元に薬を運んだが、唇の端から薬がこぼれてしまう。思い余って樹里は自分の口に薬を含み、口移しで飲ませた。

「うげぇ！」

アーサーの口に薬を注いだとたん、アーサーの目がカッと見開き、抱きついていた樹里と支えていたルーカンが床に撥ね飛ばされた。味覚を失っている樹里には分からないが、かなり不味い薬だったようで、一瞬にしてアーサーは目覚めた。

「アーサー!!」

樹里は歓喜して抱きついた。アーサーはそれどころではなく、げーげー薬を吐いて顔を歪ませる。吐くものはあまりなかったようで、苦しそうにむせていた。

「お、お前、俺に毒を盛ったのか!?」

アーサーにあらぬ疑いをかけられ、樹里はムッとして目を吊り上げた。

「何が毒だよ！　マーリンの作った薬だっての！　アーサーってば、ずっと眠ってたんだぞ!!」

樹里が猛烈に抗議すると、ようやく状況を把握したのか、アーサーが真顔になる。

「そういえばずいぶん寝たような気がする。父王と長く語らっていた。それに数代前の王とも……」

アーサーは革靴の紐（ひも）を自分で結ぶと、肩をコキコキ鳴らしてベッドから下りた。やはりアーサーは亡くなったユーサー王と会いたかったのか。樹里は目を伏せた。

「俺はお前に心配をかけたのか」

アーサーは樹里を抱きしめ、少しだけ申し訳なさそうに額を寄せた。

「悪かった。もう大丈夫だ」

アーサーの青く澄んだ綺麗な瞳を見つめ、樹里は安堵してその背中に腕を回した。


マーリンの作った薬でアーサーと騎士九名が目覚めた。残りの騎士と神兵は、目覚め次第、アーサーの後を追わせることになった。出発する時は大勢いたはずの兵は、今やケルト族を合わせても五十名に満たない人数になり、心もとない。補給地に向かわせた騎士が一刻も早く応援部隊を連れてくることを期待するしかない。

樹里たちは身支度を整え、城を出た。そびえたつ門の前に、カテリーナが立っていた。悲しげな瞳をして、地面に積もった雪より白い顔を向けてくる。

「行ってしまわれるのですね。ランスロット様、どうか、ご武運を……」

カテリーナはランスロットに歩み寄り、切なげに囁く。モルガンを退治してほしいと言いつつ、多くの騎士をここに残す原因となったカテリーナに腹が立ち、樹里はさっさと去ろうとした。けれどランスロットはいつも通り穏やかな笑みを浮かべ、カテリーナに別れの挨拶をする。

「カテリーナ殿、城内を歩いていた時、これを見つけました」

早く行こうと促す樹里の前で、ランスロットがカテリーナに古い勲章を手渡す。とたんにカテリーナが、わなわなと震えて勲章を握りしめた。

「これは息子の……、ああ、そうだわ……。私の大事な息子はモルガンに殺された……、そして私も……」

カテリーナは何かを思い出したのか、大きく背筋を逸らすと、淡雪のように消えた。傍にいた騎士たちがびっくりして騒ぎ始める。カテリーナは自分が死んでいたことをようやく思い出したのかもしれない。なんだか急に憐れに思えて、樹里は怒りを収めた。モルガンによって不遇な人生を歩んだ者は大勢いる。その一人であるカテリーナを責めたことを反省した。

モルガンの城を目指してアーサーは進行を開始した。

その日はずっと山道を歩き続けた。雪はやんだものの、山全体を白く覆っているため景色が変わらない。樹里は何度も山道で転んでしまい、あちこちに擦り傷を作った。足元が不安定なせいだろう。アーサーが神獣に乗れとうるさいので、仕方なくクロの背に乗って進むことにした。

先頭を歩くマーリンとアーサーとグリグロワは地図を見ながら道を決めているが、日が暮れ始めた頃、悩ましげに足を止めた。

「おかしい。もう着いてもよい頃だ」

マーリンは空を見上げ、苛立ちを抑えきれない様子で呟いた。樹里も今日は同じところをぐるぐる歩き回っている気がしてならなかった。グリグロワがある程度なだらかになっている場所を見つけ、今夜はそこに陣を張って過ごすことになった。

「モルガンが城に辿り着けないように、術を施しているのではないか」

枯れ木を集めて火をおこすと、グリグロワが潜めた声で言った。

「私もそう思います」

マーリンはグリグロワの意見に賛同する。

「地理的にはこの辺りにあるはず。我々の視覚を惑わせる術をかけているのでしょう」

アーサーは火の爆(は)ぜる音を聞きながら、思案するように目を細めた。

「どれほど強力な術か知らないが、そういうことなら朝日を待って、山に火矢をかける。食料も残り少ない。悠長にしている暇はないからな」

傍で聞いていた樹里はびっくりして横にいたクロに抱きついた。

「火矢って……、山火事にならないか？　獣がいたら巻き添えで死んじゃうんじゃ」

樹里の心配を打ち消すようにマーリンが笑う。

「エウリケ山には獣はおろか鳥さえいない。アーサー王、燃えるものといえばこういう木くらいしかありません。狙うなら、木がいいでしょう」

マーリンは痩せた木々を指さした。白樺みたいに細長い木で、葉はほとんどついていない。マーリンの言う通り、燃やせるものはそれくらいしかなかった。地面にはまだ雪が残っていて、火の勢いは弱まるだろう。

「弓の得意な者、ここへ」

マーリンが騎士たちに声をかけた。弓部隊もいたのだが、ここに来るまでにほとんど脱落していて、急きょ弓が得意な騎士を集めるしかなかった。ランスロットは剣だけでなく、弓も得意なのだそうだ。射るメンバーに選ばれた者たちは、持ってきた矢に燃えやすい草を巻きつけ、明日の攻撃に備え始める。グリグロワやケルト族の者たちも持ってきた弓矢の手入れを始めた。彼らも当然弓の腕はすごい。

その夜は寒さもあって、なかなか寝つけなかった。クロには再び目隠しがつけられた。慣れない場所でクロも大変そうだった。アーサーたちは念入りに話し合っている。マーリンは神経質に周囲を歩き回り、時々東の空を見上げる。連絡の鳥を待っているのだ。

翌朝、太陽が顔を出すと、自然とすべての者が表情を引き締めた。皆、何となく肌で感じている。火矢を放ったら、何かが変わると。

「お待ち下さい、アーサー王」

号令をかけようとしたアーサーをマーリンが止める。東の空から一羽の白い鳥が飛んでくるのが見えた。鳥はまっすぐにマーリンの腕に下りてきた。マーリンは鳥の脚につけられた書面を広げ、大きく頷く。

「補給地にいた第三部隊がこちらに向かっているそうです。三日ほどで合流できるかと」

「そうか」

アーサーは目に力を宿し、弓矢を構えている騎士たちに向き直った。

「よし、火を放て！」

アーサーが手を振って命じた。すぐさま弓を構えていた騎士たちが、矢の先に火を点して、木々に撃ち込んだ。ランスロットの火矢は一番遠い木の幹に深々と刺さる。

見ていた樹里たちは、あっと驚いて息を呑んだ。矢に点っていた火は、消えることなく木々に燃え移ったのだが、その勢いがすさまじかった。まるで今まで見ていた景色が偽りだったかのように、火矢が木に突き刺さったとたん、周囲の雪がいっせいに消えたのだ。

「こ、これは……」

グリグロワも驚きの声を上げる。確かにほんの一瞬前まで寒さを感じていたのに、気温すらも大きく変わった。足元には土が、荊の茂みが、そして——目の前に、鋼鉄でできた城がそびえ立っていた。樹里たちは動揺して後方に退いた。突然現れた城に、騎士たちもざわつく。

「やはり、この場所で間違いなかったのだ」

マーリンは青ざめて杖を握りしめる。モルガンは魔術でここに何もないように見せていたというのか。こんな大きな城を隠せるほど、大掛かりな術を。

「これは城……なのか」

アーサーはどこまでも長く続く円形の城壁を前に、呆然としている。城は艶光り(つやびか)する硬い鉄板で覆われており、どんな矢も剣も歯が立たないように見える。モルガンの城は、キャメロットの民には見覚えのないものに違いない。この国の城は石造りだからだ。黒光りする城壁はひたすら不気味だ。

「なんという……」

ランスロットは恐れおののきながら城に近づいた。固く閉ざされた城壁にそっと触れ、短剣を抜いて、斬りつける。城壁は高さ十メートルほどあって、見上げるほど高い。

「継ぎ目が見当たらない」

ランスロットは刃こぼれした短剣をアーサーに見せる。アーサーは強張った表情で近づき、自身も城壁に触れた。本来なら城壁には中へ通じる扉があるはずだ。けれどこの城を囲う城壁には、いっさい扉がない。

「何でできているのだろう？　信じられないほど硬い素材だ。火を」

アーサーはマーハウスに命じる。マーハウスが松明(たいまつ)に火を点してアーサーに手渡すと、アーサーは火で城壁を燃やそうと試みる。無駄だった。ユーウェインが力任せに城壁を破壊しようと蹴りを加えたが、びくともしない。

「ロープも無理だ」

グリグロワがロープに重石をつけて城壁にひっかけようとしたが、十メートルという高さの前に諦めた。

「外からの攻撃は無理なようだな」

アーサーは城壁を破ることは諦めて、マーリンを振り返った。

「マーリン、中に入れそうか？」

アーサーに聞かれ、マーリンは緊張した面持ちで城壁を検分すると、吐息をこぼした。

「私の知っている術で、中に入ることは可能です。ですが、応援を待ってからでも遅くはないかと」

「いや、入れるなら、それが始まりの時だ」

マーリンの言葉を遮り、アーサーは兜を被った。アーサーに応援を待つ気はない。樹里は武者震いが止まらなくて、口をぱくぱくさせた。とうとうモルガンの城に攻め入るのか。もしマーリンの視た未来の通りアーサーが死んでしまったら？　モルガンに捕まっている母の様子は？　本当にモルガンを倒すことは可能なのか？　いくつもの不安が樹里を落ち着かなくさせる。まずは偵察に行って、準備万端にしてからでもいいのではないだろうか。

「皆の者、支度せよ！　キャメロット王国の仇敵、魔女モルガンを倒しに参る!!」

アーサーの胴震いする声が響き渡った。とたんに騎士たちも次々と兜を被り、盾を手に持つ。ケルト族も獣の皮を深く被り、大ぶりの剣を構える。

「樹里、お前はここで待て」

アーサーは兜越しに樹里に告げた。

「嫌だよ」

樹里は憤然として言い返した。アーサーは反射的に怒鳴るそぶりを見せたが、いったん肩を落として、樹里を甲冑越しに抱きしめた。

「分かった、それなら常に一番後ろに控えていろ。これ以上の譲歩はしない」

アーサーの囁きに、樹里は何度も頷いた。荷物に銃を隠している。どこかで銃に弾を込めたい。一番後ろにいることは、樹里にとっても好都合だ。

「キャメロットのために！」

アーサーが剣を抜き、天高く突き上げた。騎士たちも同様に剣を突き上げ、おおお、と鬨（とき）の声を上げる。マーリンは杖を城壁に向けて高らかに歌い始めた。とたんに城壁の真ん中に筋ができ、軋んだ音を立てて隙間が生じる。

『キャメロットの王、アーサー!!』

ふいに甲高い女性の声が脳裏に響いた。樹里だけでなく、他の皆にも聞こえているようで、騒然とする。

『なんと忌々しい男か！　私の城に攻めてくるなんて！　この城でお前の命を塵（ちり）と化す!!　さぁおいで、アーサー。私の息子を殺した償いをしてもらおうじゃないか』

モルガンの毒々しい声が辺りに轟（とどろ）き渡（わた）った。騎士の中には怯（おび）えて足がすくむ者もいたが、アーサーはモルガンの声に怯む様子はなかった。マーリンの術で薄くこじ開かれた城壁を足で蹴り広げ、モルガンの城へ踏み込む。

「今日、ここでお前を冥府に送る！」

アーサーは剣を掲げ、凜とした姿で宣言した。


アーサーを先頭に、騎士たちも城内になだれ込んだ。すると、どこからか地響きがして、城の裏手から黒い塊が迫ってくる。土煙と乱れた動きで最初はそれが何か認識できなかったが、近づくにつれ、馬だと分かった。何百頭もの馬がいななきながら、涎を垂らし、狂った様子で駆けてくるのだ。ふつうの馬ではなかった。どの馬も全身真っ黒で、まるでコールタールを浴びせられたような、走りながら汚泥のようなものをまき散らしていた。樹里たちはその馬に見覚えがあった。

「アーサー王！　あれは、カムランの地で見たものと同じ、死んだ馬をモルガンは動かしています！」

マーリンは前方から迫りくる脅威に身構えつつ、アーサーに叫んだ。アーサーもすでに察知していたようだ。剣を構え、騎士とケルト族に「頭か脚を狙え！」と指示する。

モルガンはカムランの地で、死者を依り代とした化け物をアーサーと闘わせた。今回も死んだ馬を操ってきた。

黒い死馬たちは異臭を放ちながら襲い掛かってきた。アーサーは死馬が近づく一瞬前、深く身を沈め、大きく跳躍して死馬の首を刎ねた。アーサーの剣の切れ味はすさまじく、死馬の首は遠くへ飛んでいった。

「続け！」

ランスロットが妖精の剣を振り上げ、死馬たちを薙ぎ倒す。妖精の剣は白い光を放ち、死馬をあっという間に泥にした。死馬の形が崩れ、地面に泥溜まりができる。他の騎士たちも次々と死馬の脚や頭を切り倒した。精鋭ぞろいの騎士だけあって、死馬はどんどん倒れていき、向こう側が見通せるようになった。

「ひどいことをする」

ケルト族は死馬の頭を刎ねながら、憤っていた。馬と共に生きる彼らにとって、死んだ馬をこのように扱うのは侮辱的な行為に他ならない。

「すげぇ」

樹里はクロと一緒に少し離れた場所から闘いを見ていた。クロは闘いたいらしく体勢を低くしていたが、アーサーたちに任せようと樹里が押さえていた。

「この馬は、ウイリアム卿の馬です！」

あらかたの死馬が泥と化した段階で、ユーウエィンが蹄を見て怒りを露にした。そういえば樹里がラフランの地に逃げ込んでいた時、王都で大量の馬が殺されるという事件が起きた。この死馬はその時殺された馬なのか。

「一頭残らず、倒せ！」

騎士たちの雄々しい声が響き渡る。やがて、すべての死馬が泥と化した。アーサーたちは甲冑に撥ね飛んだ泥を拭いもせず、城の正面扉へ向かう。

「クソッ、開かない！」

扉を開けようとしたアーサーが苛立ったように扉を叩いた。扉を開けるための手段を探そうとするアーサーをマーリンが制した。

「今の私なら、開けられるはず」

マーリンは杖を扉に向け、天に向かって高い声で歌い始めた。マーリンの口から金色の光の渦が出てきて、扉に向かって円を描く。すると鋼鉄の扉がマーリンの歌声に同調するように金属音を響かせた。

「うっ」

マーハウスが耳をふさいで、しゃがみ込んだ。鋼鉄の扉はマーリンの歌声に抵抗するように、不快な音を軋ませる。クロは耐えきれなくなったのか、城壁まで逃げ出してしまった。

「マーリン……」

樹里は拳を握ってマーリンを応援した。マーリンはじっとりと汗を浮かべながら、扉に向かって歌い続ける。大きな扉に、マーリンの口から放たれた金色の円が張りつき、時計回りで回っている。その円が扉全体に広がった瞬間、杖から雷に似た光が走って扉に撃たれた。とたんに、扉が弾けたように全壊した。破片がこっちまで飛んでくる。

『おのれ、マーリン‼ 私の城をこじ開けたのか‼』

モルガンの悲鳴じみた声が轟いた。マーリンはその場にがくっと膝をついて、したたり落ちる汗を拭った。マーリンが全身の力を振り絞って、モルガンの城にかけられた術の一つを破ったのだ。

「でかしたぞ、マーリン‼」

アーサーがマーリンを労(ねぎら)い、剣を掲げる。

「敵は近くにいる！ 油断するな！」

アーサーの大声と共に、騎士たちが城に駆け込む。樹里はクロを呼び寄せる間、荷物から銃を取り出した。慣れない手つきで弾を込め、腰紐のところに銃を挟む。これが必要にならないことを祈るのみだ。

(母さん……)

樹里は戻ってきたクロと一緒にモルガンの城に踏み込んだ。扉が破壊されたためか、辺りは砕けた鉄があちこちに散らばっていた。

「これが……モルガンの城……」

樹里は驚愕して高い天井を見上げた。壁から天井にかけて、ホールには異様な絵が描かれていた。たくさんの人々が血を流し、地獄の炎で焼かれている図だ。鳥肌が立つような不気味な絵だ。魔術で造った城と聞いているが、絵も、砕けた鉄も、本物にしか見えない。

「ん？　なんだよ、クロ。俺たちもついていかないと」

薄気味悪さにゾッとしながら奥へ進もうとすると、行くなというようにクロが樹里のマントを引っ張る。騎士たちの苦しそうな声が聞こえてきて、樹里はクロの鼻をデコピンしてマントを離させた。急いで次の間へ渡ると、予想外の出来事に出くわす。熱風が吹いているのだ。

「気をつけろ！　落ちたら危険だぞ！」

半円の入り口から先は、うだるような暑さだ。細い十字の道があるのだが、道の下ではマグマが燃えていた。ゲームでよく見るダンジョンみたいで、樹里は呆然とした。アーサーたちは一列になって奥へ進んでいる。クロは身の危険を感じているのだろう。入り口から前に行こうとしない。ここを目隠し状態で渡らせるのは忍びなく、樹里はクロの目隠しを外した。

剣が交わる音がして、顔を上げる。マグマから赤いオオトカゲみたいな生き物が飛び出してきて、騎士をマグマに引きずり込もうとする。

「うわあああ！」

襲われた騎士は、あえなくマグマに呑み込まれ、ほんの数秒で溶けた。騎士たちから動揺した声が漏れる。アーサーはこの灼熱地獄から抜け出そうと前進するが、次々とマグマからオオトカゲが出てきて、戦闘となっている。

「なんだ、こいつらは！」

アーサーは剣でオオトカゲの胴体を真っ二つにする。オオトカゲは切られてもしばらく痙攣していたが、やがて動かなくなった。

「アーサー！」

マグマから新たなオオトカゲが飛び出してきて、アーサーの背中に飛びかかろうとする。アーサーが剣でそれを薙ぎ払った。前に進もうとするとオオトカゲが現れて行く手を阻む。細い道は戦闘に不利で、そうこうするうちに二人目の犠牲者が出た。

「いったん、退け！」

オオトカゲが前方をふさぎ、アーサーはたまらずに退却を指示した。騎士たちが飛びかかるオオトカゲを剣で振り払いながら、樹里のほうに戻ってくる。

「なんなんだ、この部屋は」

半円の扉を出ると、気温はぐんと下がった。どういう仕掛けか分からないが、半円の扉から先は灼熱の暑さになっている。アーサーたちは不気味な絵に囲まれたホールに戻り、ぐったりした様子で甲冑を脱ぎ始めた。あの熱風の中、甲冑を着けて闘えば、熱中症になる危険性もある。他の騎士たちも、甲冑を脱いで床に倒れ込んでいる。

「アーサー、大丈夫⁉」

樹里は心配になってアーサーに駆け寄った。アーサーは汗だらだらで、金髪が額に張りついている。

「怪我はないから案ずるな」

だるそうに首を振ったアーサーが、ふいに驚いた様子で樹里の手を摑んだ。

「おい、お前こそ、どこか怪我をしているのか？」

どこも怪我などしていないと言おうとした樹里は、アーサーに手のひらを広げられた。

「あれ？」

樹里の手のひらに血がついていた。まさかクロが怪我を、と思ったが、クロは平然としている。

「脚を切ったのか」

アーサーが先に気づいて、樹里の膝の辺りを見る。アーサーの言った通り、樹里のズボンに裂け目があって、そこから血が滲(にじ)んでいた。まったく気づかなかった。いつ、怪我をしたのだろう。

「痛くないし、たいした怪我じゃないよ」

樹里は体育座りして、怪我の具合を確かめた。よく見たら、太腿(ふともも)の辺りがぱっくり裂けている。何だかすごく血が出ているように見えるが、痛みがないのであまり気にならない。

「――こういうことがあるから、お前を連れてきたくなかった」

深刻な顔でアーサーに呟かれ、樹里はどきりとして息を呑んだ。あらゆる機能が止められたということは、痛みという感覚も失っているということだ。これまでたいした怪我をしなかったので、油断していた。

「マーリン」

アーサーは灼熱の部屋の前で考え込んでいるマーリンを呼び寄せる。マーリンはアーサーから事情を聞き、サッと顔を強張らせた。

「応急処置をしておきましょう。おそらく先ほど私が扉を破壊した時に、破片に当たったのかと……」

マーリンは樹里の怪我を見て、布で太腿を縛り上げた。

「異臭がひどかったので、神獣も血に気づかなかったのかもしれません」

マーリンは心配そうに頭を突っ込んでくるクロを押しやって言った。そういえばこの部屋に入った頃、やたらとクロがマントを引っ張っていた。樹里に怪我を教えようとしていたのか。

「……」

アーサーは今まで見たことがないような厳しい表情で樹里を見つめた。

「いやいや、ここは前向きに考えようぜ。食事もいらないし、多少の怪我も気にならないなんて、仲間としては心強いと思うんだけど」

城の外に追いやられそうな気配を感じ、樹里は明るく言った。アーサーはにこりともせず、ルーカンを呼んだ。

「お前は樹里についていろ。樹里が怪我したら、手当てを頼む」

アーサーの従者は「は、はい」と背筋を伸ばして敬礼する。護衛などいらないと思ったが、口答えすると追い出されるかもと考え、黙っておいた。アーサーが不機嫌になった気配が伝わってきたからだ。樹里は内心恐々としてアーサーから目を逸らした。

「この暑さはどうにかならないのか？」

アーサーは携帯していた水を飲むと、マーリンに苛立ちをぶつけた。

「魔術で炎を冷やすことはできますが、五時間ほどかかります」

「四時間でやれ」

マーリンの返答にアーサーが即座に決断する。アーサーは騎士たちに四時間の休息を与えた。騎士たちは水を飲んだりして疲れた身体を休ませる。マーリンは半円の扉の前に立ち、静かに歌っている。マーリンの歌声が冷たい空気となって奥に流れ込んでいく。

騎士たちは不安げに天井や壁の不気味な絵を見ている。扉の外は死馬の異臭で長居できないので、不気味な絵に囲まれてもここにいるほうがマシなのだ。モルガンは何か仕掛けてくるだろうか。ピリピリした空気の中、アーサーは虚空を見つめている。樹里はアーサーの邪魔にならないようにと黙って座っていた。

マーリンは二時間でマグマを氷にした。杖の威力が増して、術の威力も向上したようだ。マグマの中で蠢(うごめ)いていたオオトカゲは手のひらくらいの大きさに縮まり、いっせいに城の外へ逃げていく。あれもモルガンの魔術で形を変えられていたのだろう。

アーサーはすぐさま次の部屋へ移動した。今度は別の脅威が待っていた。ぶんぶんとうるさい羽虫が部屋中を飛び交っているのだ。甲冑を身にまとっているとはいえ、羽虫は隙間から入ってきて嚙みついたり、お尻の針で刺したりする。

「たまらないな！」

グリグロワたちケルト族は身体に群がる虫に辟易(へきえき)して後退した。腕や足をむき出しにしている彼らは、格好の餌食だ。樹里も気づかぬうちにけっこう刺されてしまい、ホールに戻った時には腕や脚が赤く腫れ上がっていた。またアーサーの機嫌を損ねるかもしれないと思い、樹里は赤く腫れた肌を隠すように上から一枚羽織った。

「マーリン殿ばかりに頼ってはいられない。少々待ってくれ」

ホールに集まると、グリグロワがそう言って荷物から草を取り出してきた。いくつかの草を混ぜ合わせ、草団子を作る。

「これを燻せば、羽虫たちは逃げるはずだ」

グリグロワは四つほど作った草団子に火をつけて、虫が充満した部屋に投げ入れた。マーリンが魔術で草団子を燻すと、煙がもくもくと上がる。すると、羽虫たちはいっせいに部屋から飛び出し、黒い筋となって城から逃げていった。

「虫の嫌いな臭いだ。これで先に進めるだろう」

グリグロワは刺された脚を掻きながら胸を張る。

羽虫が消え、さらに奥へ進んだ。そこから長い廊下になっていて、騎士たちは足早に駆けた。騎士たちは甲冑を着けているわりに足が速く、樹里は遅れながらついていくしかなかった。しかも一回、転んだ。

「行き止まりだ！」

前方からアーサーの怒鳴り声が響いた。急いで追いつくと、長い廊下の果ては行き止まりだった。どうなっているのだろう。マーリンは壁を見上げ、難しい表情だ。

「おそらく術で廊下を消しているのでしょう。術を解かねば」

マーリンは壁に手を触れ、何かを読み解くように目を細める。

「クソ、モルガンめ！」

アーサーは壁に思い切り拳を叩きつけた。マーリン曰く、術式は複雑で、破るのにどれくらい時間がかかるか分からないそうだ。

「アーサー王、急いては事をし損じるという。もう日も暮れてきた。マーリン殿の力を信じて、ここは気長にいこう」

苛立つアーサーを諫めたのはグリグロワだった。アーサーは気を鎮めるように兜を脱いだ。アーサーの苛立ちが全体に伝わって空気が重くなっていたので、グリグロワがそう言ってくれて助かった。

「集中したいので、私ひとりにしてもらえますでしょうか。ああ、樹里は術を見破れるかもしれないので、この場に」

マーリンがアーサーにそう進言する。自分が役立つとは思えないが、マーリンを手伝いたくて樹里は頷いた。アーサーは二人だけを残すことが心配で最初は自分も残ると言い張ったが、クロがいるから何かあったらすぐ逃げると樹里が説得するとしぶしぶ了承した。

騎士たちは昨夜陣を張った場所まで戻ることになった。モルガンの城で休む気にはなれなかったからだ。マーリンは行き止まりの壁を見て、ずっとぶつぶつ呟いている。樹里はクロと一緒にマーリンを見守っていた。樹里も解いてみようと思ったのだが、壁を見ても何も視えてこない。

一時間ほど経った時だ。

「樹里」

他に誰もいないのを確認して、マーリンが話しかけてくる。クロにもたれてうとうとしかけていた樹里は、慌てて起き上がった。身体の機能は止められているはずなのに、眠気だけはやってくる。気のせいか、奥に進むにつれ、眠気が強くなっている。

「な、何？」

樹里はマーリンの横に並んだ。マーリンは壁に手をかけ、肩を落とした。

「この壁の術が解けないというのは嘘だ」

マーリンはぽつりと呟いた。何を言っているのか分からなくて、樹里は目を丸くした。

「え？　ってことは、……術を破れるってこと？　そんじゃアーサーに」

早くアーサーに知らせなければと向きを変えた樹里のマントを、マーリンが摑む。

「私が視た未来では、アーサー王は応援を待たずに闘って討たれた。私は応援の部隊が来るまで、術が解けないふりをして時間を稼ぎたい」

マーリンの囁きに樹里は身を引き締めた。そういうことなら協力は惜しまない。応援が来るまで一日か二日かかるだろう。

「アーサー王は焦っている」

嘆かわしげにマーリンが額を押さえる。確かにアーサーはイライラしていた。

「早くモルガンを倒したいんだよな……」

樹里はなんとなく後ろを振り返って呟いた。

「それもあるが、お前のためだ」

掠れた声で言われ、樹里は目を見開いた。まさか自分が愚鈍すぎてイライラさせているのか。

「まだ時間は残されているはずだが、エウリケ山に入り妖精王の術が弱まっているのかもしれない。いや、それとも身体の機能を止めたことによる副作用なのか……」

マーリンの深刻な口ぶりに樹里は緊張した。

「ど、どういう……？」

どうやら愚鈍とかそういう問題ではないらしい。

「お前自身は理解していないようだが、お前は今、死にかけている」

マーリンはことさら声を潜めて告げた。死にかけていると言われても、今までと変わった様子はないので樹里は失笑した。

「んな馬鹿な、こうして生きてるじゃん」

「あきらかに動きが鈍くなっている」

マーリンに鋭い視線を注がれ、樹里は反論しようとして口を開けた。自分はふつうだ、と言い返したかったが、マーリンの瞳を見ているうちに胸が騒いできた。そういえばよく転ぶようになった。走るのも困難になっているし、皆の動きについていけてない。

「……」

樹里は青ざめてマーリンを見つめた。アーサーも気づいていたのだろうか？　だから早くモルガンを倒そうと焦っている……？

「できることならお前を安全な場においてやりたいが、闘いの場にお前がいなくては不吉な未来を辿るかもしれない。それは避けたい。許せよ」

マーリンの目が伏せられ、樹里は笑ってみせた。

「俺だってアーサーに生きていてほしいんだ。そこは同じ気持ちだから気にすんなって。それより俺はどうすればいい？　俺、この城に来てからすげー眠いんだよな」

樹里が打ち明けると、マーリンが目を細める。

「モルガンの妨害だろう。私にも睡魔の術が及んでいる。杖を握っていると眠気はこないが」

この眠気はモルガンの魔術なのか。死にかけているせいかと不安になっていたのだが。

「アーサー王の元へ行き、お慰めしてくれ」

マーリンは悲しそうに言った。

「お前を失うことを恐れるアーサー王を、ひととき安心させてほしい。私にはできないことだから」

マーリンはそう言って壁を見つめた。その背中が寂しそうで、樹里は心がざわついた。樹里とは違う感情だが、マーリンはアーサーを深く愛している。アーサーを落ち着かせることが樹里にできることなら、尽力は惜しまない。

「分かったよ。ところでさ、マーリン。例の魂を一つに戻す術……完成したのか？」

樹里は気になっていた質問をした。マーリンは未来で魂を一つに戻す術式の半分を見ている。

マーリンがすべて解き明かしたら、光明が見える。だが、マーリンは申し訳なさそうに首を振った。

「すまない。あと少しだと思うのだが、判明できない。術は不完全な状態だ」

「そっか……」

がっかりしたが、マーリンを責める気にはなれず、樹里は無理に笑顔を作った。たとえできなくても、マーリンががんばってくれたことが嬉しかった。樹里はマーリンに礼を言って離れた。アーサーと身体を寄せ合って言葉を交わしたい。

長い廊下を戻って大きな部屋に出ると、樹里はきょろきょろと見回した。ここは羽虫でいっぱいだった部屋のはずだが、様相が一変していた。重そうなカーテンが壁をぐるりと覆って、何本もの太い柱が三メートルくらいの間隔で天井に向かって伸びていた。道を間違えたのだろうか？

（いや、間違える道なんてなかったし）

嫌なものを感じ、樹里はクロの背中を撫でた。マーリンのところに戻ったほうがいい。樹里は念のためにとクロに目隠しを被せ、踵を返そうとした。

「樹里」

ふいによく知っている声が聞こえて、樹里は勢いよく振り返った。

柱の陰から、ぼろぼろになった女性が現れた。一目見て、すぐに母だと分かった。髪は乱れて、服はあちこち破け、手足に擦り傷がいっぱいある。樹里は母に駆け寄った。

「母さん⁉」

母はモルガンに囚われていると言われたが——。母がよろけてその場に膝をつく。

「モルガンのところから逃げ出したの……、樹里、無事だったのね」

母は手を貸そうとする樹里の顔を手で撫で、潤んだ目を向けてきた。一瞬だけモルガンではないかという可能性も考えたが、母としか思えない。長い間一緒だった母を間違えるはずない。

「しっかりして、母さん！　早く安全な場所に行こう」

樹里は母の肩を抱いて連れ出そうとした。けれど母の重みでまったく前に進めない。一人で歩くのさえおぼつかなくなっている樹里にとって、母を担いで進むのは困難だった。

「クロ、頼めるか？」

樹里は母親をクロに乗せるよう懇願した。クロはくんくんと母の匂いを嗅ぎ、素直に応じる。クロが拒絶しないということは、本物の母だ。樹里は急いでここを出ようと、母を乗せたクロの尻を押した。

「モルガンはどこにいるんだ⁉　母さんはどうやって逃げ出してきたんだよ？」

樹里はクロの歩みに遅れないようにと足を進ませながら尋ねた。母はぐったりした様子でクロに身体を預け、乾いてひび割れた唇を震わせる。

「ワインバーのワインセラーに行ったら、突然モルガンが現れて……、この城のどこかに監禁されていたわ。でもガルダが助けてくれたの……」

母は浅い息を吐きながら答える。

「ガルダが⁉」

もしかしたら、ガルダにはまだ良心が残っているのだろうか。油断はできないが、ガルダを憎むことのできない樹里は、それを信じたいと思った。

「ガルダは母親の愛情に飢えていたわ……。それを利用したの」

母はつらそうに呟く。樹里はガルダが憐れで何も言えなかった。

母と一緒に城の正面扉まで着くと、樹里は辺りを窺った。アーサーたちは城壁の外、十数メートル先に陣を張っている。見張りの兵がいるかと思ったが、周囲には騎士の姿もケルト族の姿もない。

「どうしよう……、アーサーたちのところへは連れていけないよ」

樹里は困り果ててクロに乗っている母を見た。アーサーのところに連れていけば、殺される可能性が高い。モルガンを倒すために、母の命が必要だからだ。かといってどこに連れていけばいいのか。名案は浮かばない。誰もいない山中に疲労困憊している母を置き去りにするわけにはいかないからだ。

「樹里……私をアーサー王のところに連れていって」

母は痩せた腕で樹里の手を掴んで言った。

「でもそんなことをしたら母さんは……っ」

樹里が言葉を詰まらせると、母は長いまつげを震わせた。

「私はモルガンからすべての話を聞いたわ……。彼女は悲しい女性。でも私の一部でもあるの。この悲しみを癒すためにも、アーサー王に私の命を捧げるわ」

母は決意を込めて樹里を見据えた。アーサーに斬られに行くというのか。樹里は納得できなくて、首をぶんぶん振った。

「俺はそんなの嫌だ！　母さん、とりあえずここから離れよう。モルガンを倒して母さんが生き延びる方法がきっとあるはずだ」

樹里は母を乗せたクロと城から出ると、陣とは反対のほうに向かった。険しい傾斜があり、クロは重そうに母を運んでいる。樹里は母が落ちないようにと身体を支えながら、獣道を進んだ。どこか母を隠せる場所——と周囲を見回しながら進んでいたせいか、何度も転んでしまった。足が思うように動かない。

数分歩いただけで限界がきた。樹里は茂みで倒れ込んでしまい、クロが足を止めた。

「樹里……？　どうしたの？　あなた、何か変よ。右腕が動かないの？」

クロの上から身を起こし、母がおぼつかない足取りで近づいてくる。

「ご、ごめん。俺、ちょっと身体が……」

樹里は必死になって起き上がろうとしつつ、唇を噛んだ。こんな時に動けない自分が情けない。

「そういえば妊娠していたわね？　子どもはどうなったの？」

母が不安そうに樹里の肩を撫でる。樹里は諦めてその場に座り込み、ゆるく首を振った。

「子どもは妖精王が連れていったんだ。俺はモルガンの毒のせいで……右腕が動かない」

モルガンを倒さないと自分が生き延びることはできない、とは言えなかった。そうと知ったら母は悲しむだろう。

「なんてこと……、なんて……」

　母の肩が大きくわななき、樹里を抱きしめた。母の重さに耐えきれず地面に仰向けに倒れ込んだ樹里は、次の瞬間、目を見開いた。

　——母の手が樹里の首を絞め上げていた。息ができなくなり、苦しくて両手をばたつかせる。母は見たことがない恐ろしい形相をしていた。

「妖精王が子どもを連れていっただと⁉　おのれ、どこまでも邪魔する気か、あの男は！　アーサーが死ななかったばかりか、お前の腹の子まで生き延びたとは——」

　狂気のこもった眼差しで樹里を見下ろす顔は、母ではなかった。モルガンが母の振りをしていたのかととっさに考えたが、それでも違和感があった。

「く、るし……」

　樹里は息苦しさに暴れた。のしかかる母を振り払おうと懸命に腕を突っぱねる。力が入らなくて、眩暈(めまい)がする。クロが咆哮(ほうこう)を上げ、母の腕に噛みついた。そのせいで力が弛んで、樹里は母の腕から逃れることができた。

「げほっ、げほ……っ、か、母さん、じゃないのか……⁉」

　樹里はむせて咳(せ)き込(こ)みながら、クロに噛まれた腕を押さえる母を見た。母は憎々しげにクロを睨(にら)み、足元の石を取り上げた。母の口から低い歌声が流れ、手の中の石がクロに向かってびゅんと飛んでいく。

「ギャウウ……ッ‼」

石はクロの顔の近くで爆発した。クロは顔中に傷を作り、その場で悶える。

「クロ！」

急いでクロに這いよると、クロの顔は血だらけだった。無数の石の破片が顔や首筋を斬りつけていた。目隠しをしていたので、かろうじて目は無事だった。

「お、お前は一体……っ」

樹里はクロを背中に隠し、母を睨みつけた。母に魔術は使えないはずだから、目の前にいるのはモルガンということになる。樹里は信じられなくて目の前の女性を凝視した。どう見ても母としか思えない。だが——これはモルガンなのか。

「お前の腹の子の命を奪おうと思っていたのに……すでに妖精王が奪っていったとは。本当にお前はどこまでも邪魔をしてくれる……」

母——モルガンは再び足元の石を取り上げた。そして歌い始める。その視線が自分に注がれているのが分かり、樹里は逃げようとした。けれど、身体が上手く動かない。走って逃げたいのに、のろのろとしか歩けない。

樹里は腰に手を当てた。腰紐にくくりつけていた銃を握る。

「可愛い我が子よ、私の手で殺してあげるよ」

甲高い笑い声がして、樹里は決意して振り返り様、銃をモルガンに突きつけた。モルガンが歌いながら石を投げつけようとする。考える暇はなかった。樹里は銃口をモルガンに向けて引き金を引いた。

銃声が鳴り響いた。

樹里は撃った反動で、後ろに引っくり返った。思った以上の衝撃に、銃を撃った樹里が呆然としてしまう。硝煙の先には、ぽかんとした顔の女性が立っていた。目を凝らしてみると、肩から血が流れていた。弾が当たったことにも驚いたが、それ以上に驚いたのは、モルガンの表情だ。

「な……何……？」

モルガンは何が起きたか分からないという様子で、自分の肩を見やり、その場に膝をついたのだ。そして――樹里を見た。その瞳には困惑が浮かんでいる。

「樹里……？　何故あなたがここに？　痛い……、この痛みは何……？」

銃で撃たれた肩を押さえ、モルガンがうろたえた声を出す。いや、これは本当にモルガンなのだろうか？　樹里を見つめる瞳には先ほどまでの憎悪はなく、いつもの母の優しい光があった。

「か、母さん……？　母さん、なのか？　モルガンじゃなく？」

樹里は困惑して銃を落とした。モルガンだと思って撃ったが、まさか母だというのか。樹里はがくがく震えて母に這いよった。

「今の音はなんだ！」

銃声を聞きつけたアーサーたちが近づいてくるのが分かった。樹里はとっさに茂みに母を隠し、息を殺した。母は撃たれた肩が痛むのか、苦しそうに眉根を寄せている。脂汗が滲み、息が荒くなっている。

「母さん、ごめん。モルガンだと思って、撃ってしまった、どうしよう、どうしよう」

　母の肩の傷を押さえ、樹里は顔面蒼白になった。何が起きたのだろうか。混乱して分からない。

「私……私はモルガン……、いいえ、私は海老原翠……、ああ、頭が割れるように痛い……、肩が動かないわ……、どうなっているの……？」

　パニックに陥った母は樹里の腕をきつく摑んだ。

「あそこに誰かいる！」

　騎士の声がして、樹里と母親は見つかってしまった。血を流して倒れている母を見て、アーサーがとっさに鞘からエクスカリバーを抜く。

「モルガンか⁉」

　母の姿に騎士たちが身構える。樹里は母の上に覆い被さって、慌てて否定した。

「違う、これは母さんで――、モルガンじゃない、モルガンじゃないんだ！」

　モルガンと違い、母は刺されたら死んでしまうだろう。母を守ろうと、樹里は剣先を向けてくる騎士たちを睨みつけた。

「それが……お前の母親か」

　事情を知るアーサーが一歩前に出て樹里たちを見下ろす。アーサーは剣の構えを解かなかった。どうにかして母を助けなければと、樹里はめまぐるしく考えを巡らせた。

「魔女が母親とはどういうことだ？」

　騎士やケルト族はモルガンの顔を知っている者も多く、倒れている母を見て動揺している。樹里に対する疑念まで生まれたようだった。特にグリグロワは今にも剣を振り上げそうだ。

「モルガンじゃない、俺の母さんは……っ、モルガンじゃない……っ」

樹里は裏返った声で叫ぶしかなかった。絶体絶命とはこのことだ。どうにか逃れたくて、母を庇うように身を動かす。

不気味な沈黙が落ちて、騎士やケルト族は判断を仰ぐようにアーサーを見やった。

「何事ですか！」

騒ぎを聞きつけたマーリンが駆けつけて、息を呑む。

「母さんを殺すなら、先に俺を殺してくれ」

この場に漂う空気が母を殺すことに傾いているのを感じとり、樹里は母の身体を抱いて吐き出した。誰もが動揺し、この事態に混乱している。

「アーサー王、どうなっているのですか？　アーサー王はこのことをご存じだったのですか？私の目にはどう見ても魔女モルガンとしか思えませんが」

マーハウスが怒りと困惑をないまぜにしてアーサーに問いかけた。

「樹里の母親がモルガンと瓜二つだということは知っていた。実際、目にするのは初めてだが……」

アーサーは低い声で答える。騎士たちが「そんな馬鹿な」と苛立ちを露にする。怒声が飛び交い、モルガンの罠ではないかと叫ぶ者もいた。樹里は救いを求めるようにマーリンを見たが、マーリンもどうしていいか分からない様子だった。マーリンの母親がモルガンであることは秘密だ。母を庇えば、どこでそれがばれるかもしれない。

「静まれ！　――この女性はモルガンではない」

この場の嫌な空気を断ち切ったのはアーサーだった。毅然と言い放ち、エクスカリバーを鞘に収める。

「もしモルガンだったら、すでになんらかの魔術で対抗されているだろう。それに魔女モルガンはこの剣でしか倒せないのだ。その肩の傷……、樹里、お前がやったのか？」

アーサーにじっと見つめられ、樹里はこくりと頷いた。こんなに悲しいのに、涙が出ない。母の傷を癒すこともできない。

「だとしたらやはりモルガンではない。とはいえ、魔女に瓜二つの女性を警戒する皆の気持ちも分かる。この女性は拘束しておけ」

アーサーが妥当と思われる判断を下すと、その場の皆も渋々と剣を収めた。樹里はひとまずの猶予を与えられて、母を抱きしめた。

「私がやりましょう」

誰もが警戒して母に近づこうとしない中、ランスロットが歩み寄って、母の傷を気遣いながら布で拘束した。

「この傷は……どんな武器で？　剣、ではありませんね？　焦げた跡があるが……」

ランスロットは母の傷をいぶかしんでいる。母は苦痛に呻(うめ)きながら目を閉じた。樹里は落とした銃を拾い上げ、ランスロットに見せた。

「これは、武器なのですか」

ランスロットは自分の部屋に隠した銃のことを覚えていなくて、興味を示した。樹里は銃を荷物の中に隠すと、近づいてきたマーリンに縋るような眼差しを注いだ。

「マーリン、母さんの怪我、治せないかな」

母の肩から流れる血はなかなか止まらない。マーリンは母親の背中を確認し、弾が貫通していることを告げた。

「怪我を治す術は使えない。悪いが、分かってくれ」

マーリンは潜めた声で言う。マーリンは母を救う気はないのだ。モルガンを倒すためには当たり前のこととはいえ、樹里はマーリンを睨みつけた。傷は深く、このまま放置していたらどうなるか分からない。

「マーリン……、久しぶりね」

傷口を押さえるマーリンに、母が苦しそうに呻きながらも笑みを浮かべた。自分の世界にいた頃、マーリンは母としばらくの期間、一緒に暮らしていた。

「これを」

マーリンは母から目を逸らしたまま、荷物から細長い布を取り出し、母の傷口に巻きつけた。白い布にはすぐに血が滲んできたが、止血には役立った。

「母さん……ごめん」

樹里は痛々しい母の姿にうなだれるしかなかった。

母は監視の目が届く場所に移された。怪我をしているのに、大きな木にくくりつけられ、ぐったりしている。肩からの出血はどうにか止まったが、顔は血の気がなく、息も浅い。痛み止めを飲ませたが、あまり効いていないようだった。

夜が更けてきて、樹里は母の傍で火を焚いた。意識を失っていた母が目を開けたのは、こめかみを流れる汗を拭っていた時だ。

「樹里……、う……」

母は身体を動かそうとして、肩が痛んだのか、顔を歪ませる。

「ずっと意識がなかったから心配した。こんな場所に縛られちゃってごめん……。解いてあげたいけど……」

樹里は母の額に手を当て、目を伏せた。熱が出ている。荷物から解熱剤を取り出し、水と一緒に飲ませた。

「いいのよ、樹里。私……、モルガンに記憶を流し込まれたわ」

母は木にもたれかかると、吐息をこぼした。熱で肌を上気させた母は悲しげに目を細める。

「本当にあの人は私でもあるのね。いいえ、多分、私があの人の一部なのね。生まれた時から起きた出来事をすべて辿って、私はあの人になってしまった」

母の目が潤んで樹里を見つめる。樹里は母の言葉を聞き漏らすまいと顔を近づけた。辺りは焚き火の明かり以外真っ暗で、騎士たちの声もほとんど聞こえてこない。鳥も獣もいないこの山では風の音しかしない。

「私はアーサー王に近づき、周囲にいる騎士を殺すつもりだった。あなたが拒否したので、あなたに近づき、あなたの子どもを殺すつもりだったのよ。ううん、それどころか、私はあなたを……」

自分が樹里の首を絞めたのを思い出したのか、母が苦しそうに喘ぐ。樹里は母の腕に触れ、大きく首を振った。

「母さんの意志じゃないって分かってるよ」

「樹里……」

母が目尻から涙をこぼす。

「あなたが撃ってくれたおかげで、私は自分を取り戻すことができたの。痛みで正気に戻ったのね。だから私を撃ったこと、悔やまないで。そのおかげで私は大事な息子を殺さずにすんだのだから」

母は痛みをこらえて笑ってみせた。それでも後悔は尽きない。もっと軽傷にすることはできなかったのだろうか。銃を撃ったことのない樹里に加減は難しかったが、こんなに大怪我を負わせるつもりなんてなかった。

「母さん、おかしくなってた時、魔術を使っただろ？　今は？　自分の怪我を治す魔術とか使えないの？」

樹里は小声で母に問うた。マーリンが治してくれないなら、自分で治せないかと思ったのだ。樹里に言われ、母はしばらく考え込むように目を閉じた。けれど、ため息をこぼして首を横に振る。

「駄目……。何故できたかも分からない。あの時はすらすらできたのに、今は何も思い浮かばない」

どうやら正気に戻ったとたん、魔術も使えなくなったようだ。樹里はがっかりして肩を落とした。近くで寝そべっていたクロがのっそり起き上がって、母の頬を長い舌で舐める。クロは傷薬を顔中に塗られているが、もう痛みはないようだ。

「これ、クロなの？」

母は樹里から聞いていた話を思い出し、笑いだした。笑うと傷に響くのか顰めっ面になるが、長年飼っていた愛猫の変貌ぶりがおかしいようだ。クロは母に向かって自分だと伝えるように寝っ転がって前脚をちょいちょいと動かす。クロの遊んでというポーズに母は破顔した。

「本当にクロなのね。あなたがいなくて私がどれだけ寂しかったか！　ずいぶん大きくなっちゃって、食費が大変だわ」

母の言葉に樹里は懐かしさと胸の痛みを感じた。そして切実に思った。母を助けたい。母には幸せな暮らしをしてほしい。

ふいに足音が近づいてきて、樹里は振り返った。少し先にいた見張りの騎士が、敬礼して話している。交代の時間かと思ったが、松明が近づいてきて、アーサーだと分かった。アーサーは人払いすると樹里と母に近づいてきた。

アーサーは松明を岩に立てかけると、母の前で片方の膝をついた。

「このような出会い方はしたくなかったが、お初にお目にかかります。私はキャメロットの王、アーサー・ペンドラゴン」

アーサーが風格のある態度で母に名乗る。母に対する敬意なのか、ふだんとは言葉遣いが違う。母はアーサーをじっと見つめ、微笑んだ。

「あなたがアーサー王……。私の息子をさらっていった男ね」

母のいたずらっぽい声音に、アーサーの表情が弛む。樹里はドキドキしながら二人を見守った。

「本来なら私の最愛の人の母親として王都にお迎えしたかった。このような扱いをすること、お許し下さい」

アーサーは縛られている母に許しを求める。

「事情は分かっているわ。それに私も自分が何をするのか分からない。私はモルガンにもっとも近い女。アーサー王、あなたの判断は正しいと思います」

母は痛みを堪(こら)えて、淡々と答えている。そんな聞き分けのいいことを言って、と樹里は不満だったが、二人の間に流れる緊張感に口を挟めなかった。アーサーはかすかに頬を弛めたが、その瞳からすっと情愛の色が消えた。

「あなたは樹里の母親として素晴らしい方とお見受けする。だからこそ、私はあなたに話します。樹里は今、モルガンの毒を受け、危険な状態にあります」

アーサーの鋭い口調に、樹里は嫌な予感がして腰を浮かせた。母はアーサーの真意を図るように、首を傾ける。

「妖精王が樹里の身体の機能を止め、三カ月という猶予をくれた。だが、その日数は残りわずか。それまでにモルガンを倒さねば、樹里の身体に毒が回り、死ぬ運命にあります。モルガンを殺さねば、樹里が死ぬのです」

「アーサー!!」

樹里は焦って怒鳴った。アーサーの言葉を遮ろうとしたが、遅かった。母が目を見開き、樹里を振り返る。

「その右腕……、毒で使えないと言っていたわね……? モルガンが死ななければ、……あなたが死んでしまうの?」

母は大きな衝撃を受けて、身を震わせた。樹里はアーサーに対する怒りと、母のショックを想像してわななないた。

「今のは、アーサーの嘘だよ!」

樹里は悲鳴じみた声で叫んだ。

「ひどいことを言っているのは百も承知。私はあなたに樹里の母親として最善の道を選んでもらいたい。モルガンを倒さねば、私は最愛の人を失う。そのためには……分かっていただきたい」

アーサーは母を見据え、恐ろしい言葉を口にした。母は激痛が走ったように顔を歪ませた。樹里はどう言えば今の言葉を取り消せるだろうと考えを巡らせた。

アーサーは一礼すると、すっと立ち上がり、樹里の顔を見ずに立ち去ろうとする。樹里は湧き上がる怒りに頭が沸騰して、アーサーを追いかけた。

「アーサー‼」

アーサーになかなか追いつけず、樹里は怒鳴った。アーサーが城壁の前で振り返って樹里が近づくのを待つ。

「なんで、母さんにあんなこと言ったんだよ‼　あんなこと……、あんなこと言ったら、母さんに自ら命を絶てって言ったも同然だろ⁉」

ようやくアーサーに追いついた樹里は、喚き散らした。悔しくて、アーサーが憎くて、なんで、なんでと激しい感情で頭がぐらぐらする。怒りに任せてアーサーの脚を蹴ったが、びくともしない。

「俺が大事なのは、お前の母親じゃない。お前だ」

アーサーは低い声で言い、殴りかかる樹里の腕を摑んだ。

「見ろ。ぜんぜん力が入っていない。俺の歩きにすらついてこられない。お前には時間がないんだ」

アーサーはやるせない目で樹里を見つめ、暴れる身体を抱きしめた。マーリンが言っていたように、自分の身体はどんどんおかしくなっている。アーサーの腕を振り払おうとしても、まるで力が入らない。以前の自分ならできたことが、今はできない。樹里は絶望的な気分になった。胸が締めつけられるように痛むのに、涙は一滴も出ない。

「クソ……ッ。クソ……ッ」

樹里は地団駄を踏んで、アーサーの甲冑を叩いた。

アーサーのことを嫌いだと思ったり、黙らせてやりたいという怒りが湧いたりする。こうなることは分かっていたはずだ。アーサーはその時がきたら、樹里の母親を殺すと言っていた。それでも現実にそうなってしまうと、心が納得できない。自分はどこかでアーサーが樹里の母親を見逃してくれるのではないかと思っていたのだ。

——突然、クロの咆哮が聞こえてきた。

樹里とアーサーは同時にハッとして振り返った。母のいるほうから、クロの危険を知らせる声がする。アーサーは樹里を置いて、走りだした。樹里も慌てて母の元へ向かった。

樹里が駆けつけた時には、アーサーは剣を抜いて身構えていた。その視線の先にはガルダと、ガルダに抱えられた母がいた。

「母上の命令です。彼女は返してもらいます」

ガルダは持っていた黒い玉をアーサーに投げつけて、城へと走り出した。黒い玉は地面に叩きつけられると煙で幕を作った。樹里には分からないがひどい臭いのする煙らしく、クロが情けない声を上げて地面をのたうち回る。

「待て！」

アーサーはガルダを追ったが、その姿は城壁を越えると消えた。樹里は歩くのが苦しくなり、その場にしゃがみ込んだ。母がまた連れ去られてしまった。母の傍を離れるべきではなかった。

後悔ばかりで、ほとほと己が嫌になる。

「畜生……っ!!」

身体が思うように動かない。これは本当に自分の身体なのだろうか。

樹里は苛立ちをぶつけるように叫び続けた。

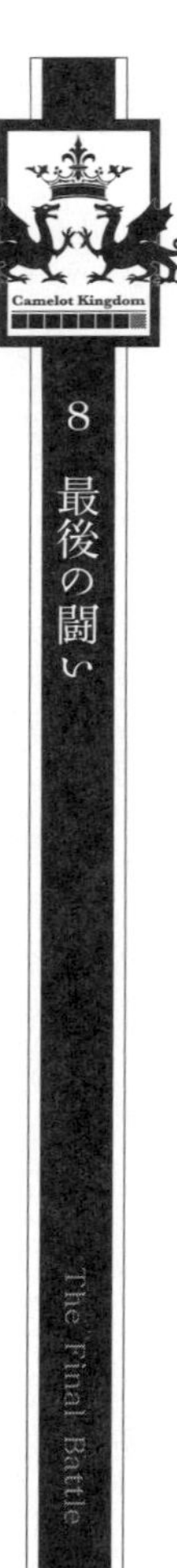

8　最後の闘い

The Final Battle

ガルダと母が消えると同時に、行き止まりだった廊下に忽然（こつぜん）と階段が現れた。

マーリンは応援が来るのを待つべきだと主張したが、進むべき道が現れた以上、攻め入るべきだとアーサーは決断した。アーサーは兜（かぶと）を被り、盾を持つ。同じように騎士たちも装備を万端にした。攻撃は日の出と共に進撃開始だ。

「敵は目の前だ！　いざ！」

アーサーの掛け声に騎士たちが剣を掲げて応（こた）える。騎士とケルト族が階段を駆け上がっていく。樹里（じゅり）は歩くのを諦（あきら）め、クロの背に乗って追いかけた。階段の先には大きな扉があって、騎士たちがそれを開ける。

鳥肌が立つような冷気が流れてきた。床は大理石で、だだっ広い部屋になっている。壁にいくつか蠟燭（ろうそく）の火が揺れているが、明かりはそれだけなので全体的に薄暗かった。赤い絨毯（じゅうたん）が奥の玉座まで敷かれている。椅子には宝石がちりばめられ、この暗い部屋で光を放っていた。樹里はクロと共に入り口付近で待機していた。

「モルガンはいるか⁉」

アーサーは部屋の中央に躍り出て、大声を出した。広い部屋のどこにもモルガンの姿は見当たらなかった。けれど、そんなアーサーたちをあざ笑うように、モルガンの高笑いがする。

『よくここまで来たこと。でも、もう終わりだ。アーサーよ、臣下もろともここで息絶えるがいい』

モルガンの声が室内に響き渡った直後、天井から長いものがぼとぼとと落ちてきた。

「うわあああ！」

騎士たちの悲鳴が上がる。落ちてきたのは黒い蛇だった。樹里に毒をもたらした毒蛇だ。長い舌を覗かせて、手近の騎士に襲いかかる。

「マーリン！」

アーサーは飛びかかってきた毒蛇を剣で真っ二つにして怒鳴った。

「すでに用意してございます」

マーリンは懐(ふところ)から取り出した石を天井に投げた。石は杖の光を浴びると、白い蛇に変わり、次々と毒蛇に食らいつく。未来を視(み)てきたマーリンは、毒蛇の対抗策を用意していたのだ。

アーサーは天井を見上げ、眉を寄せる。

「ランスロット、あそこに光っている小さな石が分かるか」

アーサーはランスロットを呼びつけ、天井を指さす。ランスロットは顔を上げ、「はい」と頷いた。

「あれを射てくれ」

アーサーに言われ、ランスロットは弓矢を取り出して天井に向けた。今まさにランスロットに噛みつこうとしていた毒蛇は、白蛇によって消滅した。ランスロットは弓を放つ。

「ギィイイイ！」

矢が小さな石に当たったとたん、この世のものとは思えない恐ろしい声が響き渡った。同時に壁や天井、床までがどろどろと液状化していく。アーサーは剣を構え、騎士たちも身構える。城の形が変化していくのが分かった。鋼鉄の形が失われ、煉瓦造りの壁が現れる。四方に大きな柱、中央に玉座があった。玉座には女性が座っている。

モルガンだった。モルガンは黒く艶やかな髪をアップにし、白い肌が映え、身体のラインがよく分かる黒いドレスを身にまとっていた。見た目は美しいが、その赤い唇は歪み、こめかみは引き攣っている。

「よく見破ったこと、アーサー王！　お前の力が本物だと認めてやろう」

モルガンはそう言うなり、杖をアーサーに向けた。呪詛のような禍々しい声と共に、杖から稲光が迸った。アーサーには当たらなかったが、近くにいた騎士にかすり、一瞬にして騎士は灰と化した。

「アーサー王、早くエクスカリバーを！」

マーリンは皆を守る魔術を唱え始めた。杖から光のバリアーが生まれ、騎士やケルト族を包み込んでいく。光のバリアーは騎士やケルト族を稲光から守ったが、数度大きな衝撃を受けると、霧散してしまった。

アーサーはエクスカリバーを抜いた。エクスカリバーが光り輝き、周囲に神々しさをもたらす。

「魔女モルガン、覚悟！」

アーサーは剣を握り、モルガンに向かって突進した。モルガンはそれを避けて玉座から飛び出して、壁際に逃げる。

「ああ、忌々しいこと。私の術がお前にかけられれば！」

モルガンは憎々しげに吐き捨て、杖で壁を叩いていった。すると杖で叩かれた煉瓦が壁から宙に浮き、アーサーめがけて飛んでいく。

「く……っ」

次々と煉瓦がアーサーに飛びかかり、アーサーはすべてを避けきれずに体勢を崩した。モルガンは間接的にアーサーを殺そうとしている。

「アーサー!!」

樹里は思わず声を上げた。モルガンが樹里の存在に気づき、舌なめずりする。モルガンがクロに向かって杖を振り上げた。クロの目を覆っていた目隠しが外れそうになって、樹里は慌ててクロの顔を身体で隠した。

「どこを見ている！」

アーサーがモルガンに剣を振り上げた。剣はモルガンのドレスの裾をほんの少しばかり切っただけだった。モルガンはひらりとアーサーの剣を避け、「ガルダ！」と怒鳴る。モルガンは杖で壁をなぞる。とたんにアーサーを助けに来ようとしたランスロットの足に煉瓦がぶつかった。その速さは目で追うのが精一杯で、近くにいた騎士たちも、飛んできた煉瓦で頭や腹を強打した。

「母上……」

モルガンの背後からガルダが現れた。ガルダは母を抱えている。母はぐったりしてガルダの腕に抱きかかえられたままだ。

「母さん！」

樹里は居ても立ってもいられず、クロから身体を離した。

「樹里、こいつを殺されたくなかったら、神獣の目隠しを外すがいい。そしてこっちにおいで、大事な母親を返してほしいんだろう？」

モルガンは母の首を腕で押さえ込み、ガルダに手を差し出した。ガルダはうつむいたままモルガンに剣を手渡す。

「やめろ！」

モルガンの剣の切っ先が母の胸に宛てられる。樹里は悲鳴を上げ、クロを振り返った。モルガンはクロを操って、アーサーを倒そうとする。それが分かっていながら、樹里はクロに手を伸ばしてしまった。

「モルガン、どこまでも卑怯な手を！」

アーサーが剣を振りかぶってモルガンに飛びかかったが、それを撥ね退ける術をガルダが使った。ガルダは杖を掲げ、苦しげに歌っている。モルガンと母、ガルダの周りに黒いバリアーが生まれる。アーサーの剣がバリアーで跳ね返され、代わりにモルガンの投げつけた煉瓦が足元で爆発した。

「さぁ、早くおし！」

モルガンに煽られ、樹里はクロの目元に当てた手を震わせた。本当にこんなことをしていいのか、母を助けるにはこれしかないのか。クロは素早い動きでアーサーの首を嚙み切るかもしれない。アーサーなら操られたクロに対抗できると思う一方で、クロを殺すことに躊躇して大怪我をするかもしれないとも思う。

「樹里……っ」

その時、小さな叫び声が樹里の動きを止めた。不思議なことに、その声はその場にいたアーサーや騎士、ケルト族の動きも止めた。

樹里は驚いて振り返る。母が血の気を失った顔でこちらを見ていた。その目を見た瞬間、胸が締めつけられるように痛くなった。

「やめなさい……、クロはいい子なのよ。時々嚙みつくけど」

母がこの場にそぐわない笑みを浮かべた。そして、自分を押さえつけるモルガンを見上げる。

「モルガン、可哀想な人……。私たち、本当は大切なもののために命を投げ出せるのよ」

母はそう言うなり、モルガンの剣に、自ら身体を突き刺した。信じられない行動にモルガンが驚愕し、反射的に剣を抜き取る。

「馬鹿な！　何をする⁉」

モルガンは剣を落とし、母の身体を床に投げ出す。まるでそれが異物であるかのように。母は胸から大量の血を流し、床にぐったりと身を投げ出した。

「母さん‼」

樹里は叫びながら母に駆け寄った。ガルダが唇を噛んで母を見下ろしている。モルガンは訳が分からないといった表情で母から後ずさりした。母に近づこうとしても黒いバリアーで近づけない。樹里は見えない壁を拳で懸命に叩いた。母の息が浅くなり、顔がどんどん白くなっていくのが分かる。

「ありえない……っ、何故だ、お前は何故自ら⁉　お前は私ではない、私であるはずがない、何をしているのだ‼」

モルガンは狂ったように怒鳴り、母の胸ぐらを摑んだ。モルガンにとって母が自殺するなど考えられないことだったのだろう。同じ魂を持っていながら、自分は決して選ばない行動をしたのだから。

「母さん！　母さん‼」

樹里は見えない壁を激しく叩き続けた。モルガンは母が虫の息と悟るや否や、身を翻して逃げ出した。そのおかげで黒いバリアーが消え、樹里は母に飛びついた。

「母さん‼　死なないでくれよ、こんなの嫌だよ‼」

樹里は血だらけの母を抱きしめ、声を嗄らして叫んだ。母はほとんど息をしていない。紙のように白い顔に、うっすらと笑みが浮かんでいる。

「……、……」

母は何か言おうとして唇を震わせたが、力尽きて目を閉じた。樹里は息ができなくなり、母の動かなくなった身体を凝視した。アーサーや他の騎士たちが憐れみの眼差しで樹里と母を見守っている。騎士やケルト族にも樹里の母親がモルガンではないと分かったのだ。

「樹里、どけ」

絶望に身体を震わせた樹里を押しのけたのはマーリンだった。マーリンは険しい表情で、杖を母の身体に向け、朗々と歌声を響かせた。マーリンの歌声が母の身体にらせん状にまとわりつき、身体に金色の文字らしきものを浮き出させる。樹里は声を出すこともできずにその様を見ていた。マーリンは母の身体全体に術を施していった。マーリンがしているのは母の魂を取り出す術だ。

朗々と響いていたマーリンの歌声がだんだん小さくなる。あるところでつっかえて、同じメロディーを何度も繰り返している。母の身体を覆っていた金色の文字が徐々に薄れていくのを見て、樹里はマーリンを仰いだ。

「駄目だ、最後の一小節がどうしても出てこない……っ」

マーリンは己の髪を搔きむしり、苛立たしげに吐き捨てた。術は完成しなかったのか。このまま母は死んでいくのか。

そう思った刹那、「貴様、何者だ！」と咎める声と、聞き覚えのある男性の歌声が聞こえた。聞き惚れるような深い歌声だった。その歌声を聞いたとたん、マーリンは弾かれたように両手を広げた。

「そうだ！　最後はそれで完成する！」

マーリンは男性の歌声をなぞるように歌いだした。母の身体から剝がれかけていた金色の文字が再び浮かび上がり、やがて全身を金色に覆った。マーリンが手を伸ばすと、その手に白い煙のようなものが集まってくる。

「マーリン！」

樹里は目を輝かせてマーリンの手にあるものを見つめた。マーリンは母の身体から魂を取り出す術を完成させたのだ。樹里は興奮すると同時に、最後の歌声を聞かせた声の主を振り返った。

「え……っ⁉」

樹里は驚きの声を上げた。樹里と同様、いやそれ以上に声をひっくり返したのはマーリンだった。

「ち、父上……っ⁉」

いつの間にか背後にいた男性を見て、マーリンが啞然とする。

「父さん……っ‼　な、なんでここに！」

樹里は目の前に現れた父にびっくりして腰を抜かした。父は事故で亡くなったはずだ。それなのに、樹里たちの前にはしっかりと両足のある中年男性が立っていた。黒いフード付きのマントを羽織った姿は樹里のいた世界では見たことがないものだったが、その顔はまぎれもなく父の寧だ。実家の仏壇に飾ってある写真の父の顔そのものだ。

「間に合ってよかった。いや、間に合わなかったというべきか……」

父は樹里の腕に眠る母の姿を見て、悲しげに声を詰まらせた。樹里は声も出せずにいた。何故、この場に父が現れるのか。アーサーたちも突然出現した男が敵か味方か判断できずにいる。

「こ、この男、今何もないところから急に現れたような……っ」

マーハウスは面食らった様子で呟いている。

父はゆっくりと床に腰を下ろすと、樹里の腕から母の身体を抱き寄せた。その目は慈しむように母を見下ろしている。

「君はこんなふうに歳をとるんだね。樹里とマーリンの姿から、ここはおそらく私が死んで十年後くらいかな……。翠（みどり）、相変わらずとても美しい。私の自慢の奥さんだ」

父は母の頬に触れ、はにかんだように笑った。マーリンは冷静さを取り戻したのか、目を見開いて父を見据える。

「父上、あなたは次元を超える術を使った。そうですね？」

マーリンの問いに父は嬉しそうに微笑んだ。樹里だけが理解できず、ぽかんとしている。死んだはずの父親がどうしてこの場にいるのか。

「私は死ぬ前に、次元を超える術を使った。そう、私は翠が死ぬ瞬間に向かって、次元を渡ったのだ」

父にそう教えられ、樹里は口をあんぐりさせた。父は母が死ぬポイントに合わせて時を超えたというのか。では、ここにいるのは樹里が幼い時に亡くなった父の、少し前の姿——。こんなことが可能なのかと樹里は頭が追いつかなかった。

「私はモルガンの禁書からこの術を会得していた。だが、私の魔力だけでは翠を救うことはできなかった。マーリン、お前は素晴らしい魔術師になったのだね。お前に魂分(たまわ)けの話をしたのは正解だった。私はお前の中に、光を見出していたのだよ」

　父は母の身体を抱き上げて、満足そうに笑った。母の身体からは魂が抜けて、もうピクリとも動かない。悲しみと喜びとがごっちゃになって、何をどう考えたらいいか分からない。それはマーリンも同じようで、父を見つめる目が動揺している。

「樹里、早くその魂をモルガンに。魂を一つに戻すのだ」

　父は樹里に向き直り、きりりとした声で言った。地味で無口な父だと思っていたが、こうしてみると頼りがいのある立派な父親だった。樹里はよろよろと立ち上がり、父の腕にいる母を見やった。

「そうすれば、母さんは助かる？」

　すがるように聞くと、父は苦笑した。

「あるべき場所に戻す。それが重要なんだよ」

　父の言葉から母が助かるかどうかは分からなかったが、それでもこうして取り出した母の魂を元に戻すことは大切だと樹里も思った。こくりと頷いて、マーリンの手から母の魂を受け取る。白い煙が円を作っている。それは手にすると温かくて柔らかくていい匂いがした。樹里は胸に母の魂を抱いた。

「モルガンを追おう」

　樹里はそれまでじっと見守っていたアーサーに言った。樹里の目に光が戻ったのを見て、アーサーが深く頷く。

「後でしっかり説明してもらうとして――よし、魔女を追え！」

アーサーは剣を振り上げ、モルガンが去ったほうに駆けていく。樹里はクロを呼び、クロの背に乗る。クロは父ともっといたいようだったが、「頼んだぞ」と父に言われると、樹里を乗せて走りだした。

手の中の魂は光り輝いている。この輝きを失いたくなかった。


玉座の間から続く部屋は、暗く陰湿な部屋だった。大釜があって、ぐつぐつと何か煮えている。騎士やケルト族の怒号が聞こえてきたので何事かと思ったら、床にはたくさんの骨が転がっていた。骨はもろく、そして小さかった。きっと赤子の骨だろう。ケルト族の男の顔が凶悪なものになって、怒り狂っている。

血の臭いが充満した部屋だった。大釜で赤子を煮たのだと誰もが想像できた。樹里は大釜を直視できず、クロは血の臭いに興奮して足を止めてしまった。追ってきたマーリンがクロの尻を蹴飛ばした。クロが「ギャン！」と悲鳴をあげて猛スピードで走りだす。

「モルガンの魔力の源です。なんとしてもモルガンを止めなければ」

マーリンはそう言って立ちすくむ騎士たちを奮い立たせた。騎士たちが唇を噛みながら先に進む。

　廊下があって、その先にまた大きな部屋があった。扉は開いていて、クロに乗った樹里はアーサーに続いてその部屋に飛び込んだ。

　奥に、モルガンが立っていた。その両手が天を仰ぎ、杖が不思議な形をなぞる。

「さぁ、おいき。一人残らず、殺すがいい」

　モルガンの前には何十体もの銀の鎧の騎士が立っていた。モルガンの号令で派手な音を立てて前進する。追いついた騎士やケルト族が部屋になだれ込んできた。鎧の騎士は長い槍を持っていて、飛び込んできた騎士の腹に突き刺してきた。

「ぎゃあああ！」

　槍で突かれた騎士が、どうと後ろに倒れ込む。鎧の騎士は軽々と長槍を扱った。アーサーは敵の攻撃をかいくぐり、鎧の騎士の兜を剣で弾き飛ばした。けれど鎧の騎士は頭がなくなっても平気で動き回り、槍を振り回す。

「気をつけろ！　槍に毒が塗ってあるぞ！」

　アーサーは倒れた騎士がぴくぴくと痙攣して泡を噴いているのを見て、大声を上げた。樹里は襲い掛かってくる鎧の騎士に身を縮めた。クロの反射神経に頼るしかなかった。クロは目隠しをつけた状態ながらも獣の本能で、鎧の騎士の攻撃をかわしていく。

「くそお！　なんて硬いんだ‼」

　鎧の騎士に剣を振りかざしたユーウエィンが、悔しそうに怒鳴る。部屋の中では鎧の騎士とアーサーの騎士、そしてケルト族の闘いになっていた。モルガンに操られた鎧の騎士は、恐ろしく強かった。槍を振り回せば、二、三人は吹っ飛んでしまう。

(このままじゃまずい！　一刻も早く、この魂をモルガンに戻さなきゃ！)

樹里は壁沿いに身を潜め、動けずにいた。闘いが激化して、モルガンの元に行くことができない。クロは飛んでくる槍をかわすので精一杯で、モルガンまで距離がある。

「ランスロット、妖精の剣で倒せないか⁉」

アーサーが鎧の騎士の甲冑(かっちゅう)の継ぎ目に剣を差し込んで怒鳴る。ランスロットは妖精の剣を振り回したが、鎧の騎士には通じなかった。鎧の騎士を形作るものはただの鎧であって、穢(けが)れではなかったからだ。

「クソッ、駄目か！　マーリン！」

アーサーは鎧の騎士の甲冑を剛力で破壊した。甲冑を破壊されると、鎧騎士は力を失い、その場で屑(くず)と化した。

「やってみます」

マーリンは杖を振り上げ、澄んだ歌声で術を詠唱した。それに対してモルガンは杖を振り上げ、稲光を発した。マーリンの杖から出される白い光と、モルガンの杖から生み出される稲光がぶつかりあって、拮抗する。青白い光が派手な音を立てて天井近くで炸裂する。

「く……っ‼」

モルガンとマーリンが何かに弾かれたみたいに後ろに引っくり返る。

「うわぁ……っ‼」

騎士たちとケルト族も光にふっ飛ばされて、床に倒れ込む。騎士たちの甲冑がぼろぼろになり、ケルト族の男たちの身体には無数の傷痕ができた。同じように引っくり返った鎧の騎士は、少し経つと再び起き上がろうとする。

(チャンスだ!)

樹里は鎧騎士がまごついている隙を縫って、クロを走らせた。クロは羽でも生えているみたいに闘いの場を走り抜けた。そして、まっすぐにモルガンを目指す。

「く、う……」

モルガンは眩暈をこらえるようにして立ち上がろうとしていた。樹里は母の魂を手に、モルガンに向かって伸ばす。

「モルガン! 受け取れ! お前のものだ‼」

樹里は手にしていた白く光る魂をモルガンの腹に押し込んだ。母の魂がすぅっとモルガンの腹に吸い込まれる。モルガンは何が起きたか分からない様子ながら、杖を振ってクロを反転させた。樹里はクロの背中から転げ落ち、壁に叩きつけられた。

「馬鹿め! お前から飛び込んでくるなんて、好都合!」

モルガンは狂ったような声を上げ、樹里の胸ぐらを摑んだ。らんらんと光るその目を見て、魂を戻しても無駄だったかと不安が過ぎる。

「樹里!」

アーサーの鋭い声が届く。モルガンの長い爪が樹里の咽を絞めつけようとした。――だが。

「……？」

樹里の首を絞めようとしたモルガンが、突然大きくわななないて樹里の身体を離した。

「な、なんだ……？　何が……？」

モルガンは自分の両手を凝視し、今度は杖を樹里に向ける。呪文は長続きしなかった。モルガンは胸を掻きむしり、怯えるように樹里を見つめる。

「何故だ、お前を殺せない……っ!!　お、お前を殺したくない……っ、そんな馬鹿な……っ、こ、この感情はなんだ!?」

モルガンは絶叫するように仰け反った。樹里は身をよじらせ苦悶するモルガンの姿を見て、胸が熱くなった。モルガンの中に、母がいるのだ。そう分かったからだ。

樹里を殺せないのは、モルガンと母の記憶と意識が一致したからだ。

「お、おのれぇえぇ！　私に何をした!?　この私に!!　魔女モルガンに何をしたのだ!!」

モルガンは肌がびりびりするような声で叫び、杖をアーサーに向けた。炎の弾がアーサーたちめがけて放たれた。騎士たちは炎に巻かれ、逃げ惑う。モルガンは味方であるはずの鎧の騎士をも破壊した。炎の弾を浴びた鎧の騎士は高熱に溶けて崩れていく。

「モルガン！」

モルガンが錯乱しているのを見逃すアーサーではなかった。めちゃくちゃに杖を振り回すモルガンの背後に迫り、エクスカリバーを振り上げた。剣先はモルガンの肩から背中を切り裂いた。

「うぐううぅ、お、おのれ、アーサー……ッ!!」

モルガンは傷口を庇うようにして数歩退いた。モルガンは矢継ぎ早に術を唱える。そして杖の先を、傷を受けた背中に向けた。モルガンの背中に炎が走り、傷口を焼いていく。

「……っ!!」

アーサーはモルガンの行動に目を瞠った。樹里も目の前で起こっていることが信じられなかった。モルガンは自らの身体を焼き払ったのだ。そして炎に焼かれながら高い声で歌い始める。歌声と共に、モルガンの傷が治っていく。

「なんと……っ」

ランスロットも驚愕して声を上げる。エクスカリバーの剣だけがモルガンを殺せる。だからモルガンはエクスカリバーで受けた傷を別の力でさらに破壊したのだ。そして身体を治癒した。理屈では分かっても、自分の身体を焼き払うなんて到底できない。モルガンの持つすさまじい生への執念に樹里は言葉を失った。

けれど、その代償は大きかった。

「う、うう……っ」

モルガンは傷が癒えたとたん、わなわなと震えて顔を覆った。樹里はその指の隙間から信じられないものを見てしまった。モルガンの顔がどんどんしわくちゃになり、年老いていったのだ。指先がしわしわになり、美しい黒髪が白く変わっていく。

何百年も生きているモルガンの、これが真の姿なのか――。

樹里たちは呆気にとられて、その醜悪な姿を凝視した。

「魔力を、使いすぎた……っ、うう……っ」

モルガンはすっかりしわがれた声で呟き、逃げるように奥の間へ去っていく。あんな老人の姿を見てしまうと、なんだか憐れみしか感じなくなる。樹里はアーサーと顔を見合わせつつ、モルガンを追った。

ふいに地響きが起こる。

「な、なんだ⁉」

グリグロワが焦って周囲を見渡す。これもモルガンの魔術かと樹里はうろたえた。

壁が、ぼろぼろと崩れ始めた。

部屋全体を覆っていた壁やカーテン、窓が剝がれていき、消えていく。そして——現れたのは洞窟(どうくつ)だった。

「モルガンの魔力が消えかかっているのです。城の形を維持することができなくなったのでしょう。アーサー王、今が好機かと」

マーリンが武者震いをして言う。そこで初めて分かった。モルガンは洞窟を城にしていたのだ。そういえばアリの巣のようにおかしな造りをした城だった。

「行くぞ！」

アーサーは疲れをまったく見せずに駆けだした。樹里もクロに乗って移動する。

深い洞窟の奥にはモルガンがいた。暗がりに小さな蠟燭の炎が揺れている。モルガンは壺(つぼ)の中にある液体を震える手で掬っていた。どろどろとした液体は血に見えた。何を飲もうとしているのだろう？

「いけない！　あれは魔力の源！　あれを飲ませてはいけない!!」

ハッとしてマーリンが叫んだ。それに呼応するように、ランスロットが弓を構えた。ランスロットは瞬時に弓を引く。その矢は見事に壺に命中し、破壊した。

「わ、私の魔力が……っ、私の魔力が……っ」

老人となったモルガンは地面に沁み込んでいく液体を掬おうとあさましく這い回った。惨めな姿に樹里はその場から動けなくなったが、アーサーは違った。大股に進み出て、液体を掬おうとするモルガンの手にエクスカリバーを突き刺す。

「ぎゃあああああ!!」

モルガンは身の毛がよだつような声で悲鳴をあげた。エクスカリバーによって与えられた傷がどんどん広がり、モルガンの身体を蝕んでいく。痛みに暴れるモルガンを、アーサーは感情を押し殺した目で見下ろす。

「モルガン、俺は忘れじの城でシーサー王に会った」

アーサーの声に、モルガンの悲鳴がぴたりとやむ。

「シーサー王にお前に伝言を頼まれた。——悪かった、許せよ、と」

アーサーの告白を聞いたとたん、モルガンはいっそう凶悪な顔つきになって髪を振り乱した。その姿は地獄の亡者か悪鬼そのものだ。

「嘘だ、嘘だ、信じぬ！　私は呪う！　キャメロットの王を！　あの痛みは死んでも忘れぬ！　シーサーを！　アーサー、お前を呪い殺す‼」

モルガンはぎらついた目でアーサーを睨みつけた。アーサーは表情一つ変えずに、エクスカリバーをモルガンの手から抜き取った。そしてとどめを刺すためにエクスカリバーを振り上げる。樹里は我に返ってアーサーを止めようと手を伸ばした。モルガンを殺すということは母をも殺すことを意味する。

「お待ちを、アーサー王」

アーサーの最後の一撃を止めたのは、父だった。父の声にアーサーは動きを止めて振り返った。父は母を抱いたまま静かに歩み寄った。モルガンは父の姿を見て大きくわななく。

「ネ、ネイマー……⁉　な、何故ここに……っ⁉」

父の出現はモルガンにとっても想定外の出来事だったらしい。父は静かな光を目に湛えて、モルガンの隣に母を寝かせた。

「モルガン。君は長く生きすぎた。もう眠るほうがいい」

父はそう言うとマーリンを振り返り、目で合図した。マーリンは杖を振るい、朗々とした声で歌い始める。これは先ほど母の魂を取り出した術――。

「アーサー王、どうか憐れな女性と思って、彼女を葬って下さい」

父は祈るように胸に手を当て、呟いた。アーサーは深く頷いて、再びエクスカリバーを振り上げた。マーリンの歌声は金色の光となってモルガンの身体を覆う。エクスカリバーがモルガンの胸を突き刺した。少量の血が飛び散ると、モルガンが身を逸らす。

「ば、馬鹿な……、私が、し、死ぬ……？」

モルガンは口から血を吐き出し、アーサーの剣に押されるようにして仰向けに引っくり返った。マーリンの歌声は洞窟内に反響して、胸を震わせるほど美しい歌になっていた。モルガンの身体が痙攣する。けれど動きが徐々に収まっていく。やがてその動きが終わった時、モルガンの身体を覆っていた金色の光が白い煙となって浮かび上がってきた。その白い煙は、まるで導かれるように、母の口の中に入っていったのだ。

「あ、ああ……っ!!」

樹里は身体に大きな衝撃を受けて、おかしな声を上げた。全身に血が行き渡る感覚、酸素が身体中に染み渡る感覚。全神経が通っていくのが実感として分かったのだ。同時にピクリとも動かなかった右腕に力が戻ってくる。

「樹里⁉」

アーサーが驚いてエクスカリバーを落として駆け寄ってくる。

樹里の両目から涙が溢れ出てきた。モルガンの毒が消え、生命の息吹が戻ってきたのを感じた。アーサーに触れる感触、吐息、聞こえる音、熱、何もかもが今までとは違う。本当に今の今まで自分は死にかけていたのだ。

「アーサー……っ」

樹里は胸の奥底から湧き上がる感情を抑えきれず、慟哭した。今まで堰き止められていた感覚が一気に蘇り、身体を震わせて泣き始めた。何故泣いているのか自分でも分からなかったが、赤子が産声を上げるように泣きじゃくった。

「マーリン、この涙、もったいないよ」

父がいたずらっぽい声で囁いた。マーリンが深く頷いて、軽やかな声で歌い始める。その声が樹里の涙にまといつき、辺り一帯に雨となって降り注いだ。

「か、母さん……っ!!」

樹里の涙が母の身体に沁み込むと、白かった母の頬が上気し、傷がみるみるうちに治っていく。そして——そして、母の瞼がうっすらと開く。

「嘘だろ……、マジかよぉ」

樹里は子どもみたいに泣きながら、母が生き返るのをこの目で見た。

「私……どうしたのかしら……? あら、寧さん。寧さんがいるってことは、ここは天国なのね」

母は重そうに身体を起こして、父の姿を見て微笑む。

「まぁ、ある意味そうだね。君は素晴らしい子を育ててくれたよ」

父は母をぎゅっと抱きしめ、愛おしげに髪を撫でる。

樹里はアーサーを振り返ると、感極まって抱きついた。アーサーが樹里を強く抱きしめ返してくれる。

「おお、傷が癒えていく……」

樹里の涙は騎士やケルト族の者たちの傷も次々と癒していった。マーリンは樹里の流す涙を運び、苦しんでいる者たちを癒していく。

こんな奇跡があっていいのだろうか。母が生き返った。大切な母を取り戻すことができた。樹里はアーサーの胸に顔を押しつけ、嬉しくて顔を真っ赤にして泣いた。

「すべて、終わった……。樹里、よくやったな」

アーサーの誉め言葉が全身を熱くした。この闘いに勝利したのだと歓喜させた。

「魔女モルガンはアーサー王が倒した!! 勝利の雄叫(おたけ)びを上げろ!!」

ランスロットが高らかな声で宣言した。騎士たちが拳を振り上げてそれに応える。

「アーサー王万歳!! キャメロット王国万歳!!」

モルガンを倒した勝利に酔いしれ、騎士たちの歓呼は長く続いた。樹里はアーサーの腕の中でそれをうっとりと聞き続けていた……。


洞窟を出ると、世界は一変していた。

葉もついていなかった痩せた木々に豊かな緑が輝いていた。別世界に来たかのようだった。映像を早送りするように、草木がどんどん伸びていく。太陽がエウリケ山を照らし、優しい風が吹いた。顔を出したのは草花だけではなかった。小動物もだ。どこから現れたのか、兎(うさぎ)がぴょんぴょんと大地を駆けていく。死の山と呼ばれていたエウリケ山が、今、息を吹き返した。

「モルガンの存在が、この山の生命を奪っていた……。ここはこんなにも美しい山だったのだな」

マーリンは視界に広がる生命の息吹に、しみじみと呟いた。樹里はアーサーに支えられて歩いていたが、空腹で今にも倒れそうだった。

「誰か、なんか食うもん持ってない？　マジ、腹減って動けないんだけど」

長い間何も食べていなかったので、餓死しそうだった。少し前まで食に対する意欲などかけらもなかったのに、今は食べることしか考えられない。マーハウスが最後の食料だと言って差し出してくれた豆を一瞬で食べ終えても空腹は一向に収まらず、その辺の草をむしって食べようかと思いつめた。

「アーサー王、第三部隊がすぐそこまで来ております！」

洞窟の入り口に伝令係の男がやってきた。アーサーは子どもっぽい笑みを浮かべ、樹里の肩を抱いた。

「遅いぞ、魔女はとっくに倒してしまった。それより俺の伴侶が飢えて狂暴化しそうだから、何か食べるものを持ってきてくれ」

アーサーにからかわれて、樹里は肘鉄を食らわそうとした。だが、力が入らない。早く腹いっぱい食べないと、本当に倒れそうだ。

「樹里、応援部隊が来る前に、私たちはひとまず、この場を去るよ」

樹里の肩を叩き、小声で言ってきたのは父だった。樹里は思わず父の腕を掴んだが、軽く笑われて解かれてしまった。母はすでに少し離れた場所に身を隠している。

「私たちの存在は、説明が難しいからね。大丈夫。必ず会いに行くから」

父はそう言ってアーサーに向き直った。アーサーは居住まいを正して、父とがっしり握手を交わす。

「俺には正直さっぱり状況が分かりませんが、あなたが樹里の父親だというのは納得しました。すべてうまくいったのは、あなたのおかげなのでしょう。ゆっくり話したいところですが、立場上、難しい。ただ一つだけ、——心より感謝しています」

アーサーは父の手を強く握り、熱く見つめる。

「アーサー王、正直私にも分からないことだらけなのですよ。何故息子がアーサー王の傍にいるのかも含めて」

父がちらりと樹里を見て笑う。樹里はつい目を逸らして、そっぽを向いた。そういえば母にはばれてしまったが、父にはアーサーとのことを話していない。まさか死んだと思っていた父に会う日がくるなんて、思いもしなかった。あなたの息子はアーサー王の子どもを産んだのですと言ったら、どんな顔をするのだろう。さすがの父もびっくりするのではないか。

「モルガンの遺体はどうなさいますか？」

父は表情を引き締めて聞いた。モルガンの遺体は騎士が布袋に包んで背負っている。すっかり老いたモルガンの遺体は、骨と皮だけと言っていい。

「王都に持ち帰り、民に見せるつもりですが……」

アーサーがそう呟いた時だ。吹き矢が飛んできた。モルガンの遺体を抱えていた騎士の一人が倒れて首を押さえて呻き声を漏らす。モルガンの遺体が入った布袋が地面に転がり、それを拾おうとした騎士をまた吹き矢が襲う。

「敵襲か⁉」

騎士たちが慌てて剣を抜く。

「あっ‼」

茂みの間から馬が飛び出してきて、騎士たちに突っ込んできた。樹里は馬上の人物の顔を見て声を上げた。ガルダが、モルガンの遺体を拾おうとしていた。ガルダは素早く遺体を包んだ袋を摑んだが、逃げ去る前にグリグロワの放った弓矢で腰の辺りを射貫かれた。さらに背中にも一撃。かなりの重傷だ。

「く……っ‼」

ガルダは身体を揺らしながらも、馬の脚を止めず、走り去った。

「追いますか？」

ランスロットがアーサーを振り返る。

「あの遺体に、何か力はあるか？」

アーサーは動じず、マーリンに尋ねた。マーリンはこころもちうつむいて、首を横に振った。

「モルガンの魂は、あそこにはありません。ただの遺体です。……それでも、ガルダにとっては大切なものなのでしょう。アーサー王、お許し下さるのであれば、私は見逃していただきたいです」

マーリンは小声でアーサーに思いを打ち明けた。かつては母と呼んだ人だ。倒すべき敵と分かっていても、王都に遺体を持ち帰り、見せしめにされるのは抵抗があるに違いない。樹里もマーリンに賛同して、アーサーに頭を下げた。

「俺からも、頼むよ。ガルダは悪いこともしたけど……やっぱり憎めないんだよなぁ……」

アーサーは樹里とマーリンの神妙な様子を鼻で笑うと、追いかけようとする騎士を止めた。

「あの傷では長くないだろう。捨ておけ。——我々は帰還の途につく！　王都へ戻るぞ!!」

アーサーの掛け声で、騎士やケルト族は一気に高揚した。あとは帰って大切な者に会うだけ。アーサーの言葉は生き残った騎士たちに帰還した時の歓迎を想像させた。王都にいる民たちはきっと拍手喝采で出迎えるだろう。

樹里は父にひとまずの別れを告げようとしたが、すでにそこには誰もいなかった。せめて一言声をかけたかったのに、残念だ。

樹里たちは生き残った者の確認をして、下山した。数名の死者が出てしまったのは悲しむべき出来事だが、生き残った者たちは樹里の治癒が効いて、皆元気に歩いている。下山中に第三部隊と合流し、樹里は飢えから解放された。

途中、忘れじの城に残してきた騎士や神兵たちとも合流できた。すべての者が目を覚まし、モルガンとの闘いに参加できなかったことを悔やんでいた。

二日かけて、樹里たちは補給地に戻った。

樹里を真っ先に出迎えてくれたのは、サンだった。

サンは無事な樹里を見て、泣きながら抱きついてきた。樹里ももらい泣きしてサンを抱きしめた。補給地ではケルト族の女性や老人たちもいて、アーサーたちを素晴らしい料理で歓迎した。補給地ではキャンプファイヤーみたいに大きな火が焚かれ、宴会が開かれた。誰もが酒を飲み、たらふく飯を食い、踊り、騒いでいる。死者も出たが、誰もが勝利に酔いしれた。

アーサーは最初の乾杯の時だけはその場にいたが、すぐに樹里を連れて補給地にある奥の部屋に移動した。行きにも寝泊まりしたアーサーと樹里の寝室だ。

「樹里」

アーサーは二人きりになるや否や、樹里を激しく抱きしめ口づけてきた。樹里もそれを待ち望んでいたので、アーサーの唇を吸って応えた。

アーサーは敷布の上に樹里を押し倒し、樹里の唇を食みながらもどかしげに衣服をまさぐる。

「お前の身体が熱くなっている……、山を下りる最中も、したくてたまらなかったぞ」

アーサーの手が樹里の下腹部に触れる。樹里はとっくに興奮していたので、アーサーの脚に自分の脚を絡めて抱きついた。アーサーの匂いを嗅ぐだけですごく興奮する。ほんの少し前まで何も感じなかったのが嘘のようだ。アーサーと密着しているだけで、性器が硬くなっている。

「俺も……、アーサー、愛している」

樹里はとろんとした目で熱っぽい声を出した。アーサーが何かに耐えるように顔を歪ませ、樹里の着ていた衣服を引き裂いた。

「ちょ、ちょーっ‼」

抵抗していたわけでもないのにいきなり衣服を破られ、唖然とするしかない。

「お前が興奮させるようなことを言うから」

アーサーはむき出しになった樹里の胸元を探り、おかしそうに笑う。かろうじて腕にかかっているだけの服を剝ぎ取られ、樹里は全裸になってアーサーの身体を受け止めた。アーサーは宴会の前に武具は全部外しているので、腰に当たる硬いモノはアーサーの身体の一部ということになる。

「お前を失わなくてよかった。お前の信頼も」

アーサーは樹里の乳首に吸いつき、焦らすことなく樹里の尻の奥に指を入れた。アーサーの指に奥を探られる感覚が久しぶりで、樹里は鼻にかかった声を出した。

アーサーの言う通り、もしアーサーが母を殺していたら、こんなふうに素直に抱かれていたか分からない。何もかも上手くいったのは、奇跡としか言いようがない。

「あ……っ、や、アーサー……ッ、俺、今日変だよぉ……」

アーサーの指で内部を弄られると、あっという間に感度が上がり、息も絶え絶えになる。笑えるくらい性器が反り返っているし、全身に甘い電流が走ったみたいだ。

「安心しろ、俺もおかしくなってる。何しろ、かなりお預けを食らったからな」

アーサーは反り返っている腰のものを押し当て、樹里の耳元で笑った。奥に銜え込んだアーサーの指を、きゅーっと締めつける。気持ちよくて、ぞくぞくして、鳥肌が立つ。

「き、気持ちいー……、あっ、あっ、やば、い……っ」

アーサーの指がどんどん奥を責めてきて、樹里は腰を震わせた。奥から熱いものがどろどろと沁み出してくるのが分かる。腰がひくついて、目が潤む。

「アーサー……っ、早く入れて……、ゆ、指だけでイっちゃいそう……っ」

ありえないほど急速に身体が熱くなり、とても我慢できそうになかった。まだたいして弄られてもいないのに、奥が収縮して、もっと太いものを望んでいる。

「いいのか？」

アーサーが興奮した息を吐きだし、いったん樹里から離れ、上衣を脱ぎ捨てた。アーサーは下肢からズボンを抜き取ると、その辺に放り投げて樹里の身体を抱き上げる。

「久しぶりだ……お前の中は……」

アーサーが樹里の脚を持ち上げ、すでに勃起している性器を尻の穴に押しつける。ほとんど前戯もなしだったが、アーサーが腰を進めると、それは引き込むように入ってきた。

「あ、あ、あ……っ、こんな……、お、大きかったっけ……？」

身体の奥を目いっぱい開かれて、樹里は仰け反るようにして喘いだ。熱くて太くて硬いモノが樹里の身体に潜ってくる。鼓動がどくどくいって、呼吸が荒くなる。

「ひ、ああ……っ!!」

アーサーの性器がずんと奥へ入ってくると、その衝撃で、樹里は甲高い声を上げて射精した。濃くてどろりとした液体が、顔や胸にかかる。

「ひ……っ、は……っ、は……っ」

樹里は涙を流して胸を上下させた。アーサーが興奮した表情で、樹里を見下ろしている。

「入れただけで達したのか……？　そんなに気持ちいいのか……」

アーサーがぺろりと唇を舐めて笑う。樹里は荒い息遣いを整えることもできずに、真っ赤な顔で口をぱくぱくさせるだけだった。身体の奥にいるアーサーの熱で頭がおかしくなりそうだ。ぜんぜん快楽が逃げていかない。一度射精したのに、性器は硬いままだ。

「俺も気持ちいいぞ。やっぱりお前が感じていないと……俺も気持ちよくない」

アーサーはそう囁くと、腰を揺らし始めた。さざ波のように甘い痺れが全身を巡る。アーサーの性器の先端が樹里の奥の感じる場所を擦ると、あられもない声が漏れて、どうしようもなくなる。銜え込んだ場所がぬるついて、アーサーが動くたびに変な音が出る。

「ひ……っ、あ……っ、ああ……っ、やぁ……っ」

アーサーの性器で優しく突き上げられ、樹里は身をくねらせて甘い声をこぼした。自分でも嫌になるくらい甘ったるい声。我慢できなくて、腰がうねってしまう。

「俺もあまり保たないな……、奥がどろどろだ……、卑猥な音がする」

アーサーは樹里の両脚を持ち上げ、一転して激しく突き上げ始めた。アーサーが奥に性器を押し込むたびに、ぐちゃぐちゃとしたいやらしい音がする。樹里が感じて愛液を出しているせいだ。

「こんなに濡らして……、今宵はいくらでもいけそうだな」

アーサーは樹里の両脚を開いて、強引に内部を穿ってくる。樹里は紅潮した頬で甲高い声を放った。

「あっ、あっ、あ……っ、ひ、ぃあ……っ、熱い……っ」

内部をかき混ぜられて、熱を持っている。樹里は助けを求めるようにアーサーに手を伸ばした。アーサーが樹里の身体を抱きしめ、深い奥へ性器を突っ込む。

「く……っ」

アーサーの性器が中でひときわ大きくなり、熱い液体を注ぎ込んできた。樹里はその衝撃に耐えながら、アーサーの背中に爪を立てた。アーサーはたっぷりと奥に精液を注ぎ込むと、興奮した息を吐いて、樹里の唇を吸った。

「二人目の子ができるかもしれぬな」

アーサーがいたずらっぽい笑みを浮かべ、樹里の口の中を指でかき混ぜる。アーサーが腰を引き抜くと、どろっとしたものが尻の穴から垂れてきた。こんなに出されると、また孕むかもしれない。

「樹里……、樹里……」

アーサーはあぐらをかいて座ると、樹里をその膝に抱き寄せた。樹里は濡れた身体でアーサー弄る。

に抱きつき、唇を吸った。アーサーは樹里の唇を舌で舐め回しながら、樹里の両方の乳首を指で
「ん、ん……っ、ゃ、あ……っ」

アーサーの指がぐりぐりと乳首を摘んで引っ張る。尖った乳首を強く摘まれると、腰に電流が走って身悶えた。アーサーはキスをしながら、樹里の乳首を執拗に弄る。

「はぁ……っ、は……っ、や、ぁ、そこ……っ、や」

乳首しか愛撫されていないのに、樹里は嬌声を上げ、アーサーの腰の中で身を揺らした。樹里の性器からは絶えずとろりとした蜜がしたたっている。

「んん……っ、は……っ、あ……っ、んぁ……っ」

たまらずに無意識のうちに樹里は自分の性器に手を絡めていた。するとアーサーがその手を握り、後ろへ回す。

「乳首だけで達してみろ。もう限界が近いのだろう?」

アーサーは意地悪するように樹里の手を摑んで放してくれない。樹里が真っ赤な顔で睨みつけると、樹里を膝立ちにさせて、尖った乳首に舌を絡ませる。

「ば、馬鹿……っ、絶対無理だって……っ」

アーサーに乳首を舐められ、樹里は目を潤ませて悶えた。確かに二度目の射精が近いが、乳首だけでイくなんてそんな恥ずかしい真似はしたくない。樹里が抵抗すると、アーサーは両の手を摑んで、乳首に歯を当てる。

「ひぁあ……っ‼」

痛みと快楽のちょうどはざまを狙われ、樹里は大きな喘ぎ声を上げてしまった。アーサーは汗ばんだ顔で笑い、樹里の乳首を舌で激しく弾く。じゅくじゅくとした全身を這い回る快楽の種が、乳首から広がっていく。樹里は膝を震わせ、胸を仰け反らせた。アーサーの舌が乳首に触れるたび、奥が疼く。

「う、嘘……、やだ、アーサー……っ」

かじかじと乳首を甘嚙みされ、樹里は涙声で息を荒らげた。性器が反り返り、蜜でびしょびしょになる。耐えきれず樹里が敷布に倒れ込むと、アーサーがのしかかってくる。

「もう、達しそうだな」

アーサーは樹里の両方の乳首を摘み上げ、愉悦の表情を浮かべた。平らな胸を掻きよせ、乳首をぐーっと引っ張られる。真っ赤に濡れた乳首が目に入り、無性に羞恥心を覚えた。

「出してみろ」

アーサーが情欲に濡れた瞳で、樹里を見下ろす。アーサーと目が合ったとたん、ぞくぞくとした耐えきれない快楽が背筋を駆け抜け、樹里は性器から白濁した液体を噴き出した。

「う、嘘……っ、俺……っ」

樹里は自分の身体が信じられなくて、目元を真っ赤に染め上げた。乳首だけで射精してしまったなんて信じられない。おもらしをしてしまったような気恥ずかしさで、樹里は顔を隠して震えた。

「なんて可愛いんだ」

アーサーは上擦った声を上げ、樹里の身体を反転させて、背中から抱きしめた。

「ひ、あ、あ……っ」

アーサーは有無を言わせず、樹里の尻の奥へ性器を押し込んできた。再び奥をアーサーの熱で貫かれ、樹里は目がちかちかした。

「こんなに感じやすい身体を、よく今まで封じ込めてきたものだ。まだ、出せるな？　俺はまったく熱がおさまらん。朝までつきあってもらうぞ」

アーサーはそう言って、背後から樹里の奥を突き上げてきた。アーサーは容赦なく腰を振っている。樹里は射精直後で身体がおかしくて、甲高い声を上げて敷布を乱した。

熱が治まらないのは樹里も同じだ。乱れた声で喘ぎながら、樹里はアーサーの腕に抱かれた。

9　神の棲む国

The land where the God lives

樹里は神殿にある自分の部屋で、深呼吸をした。樹里の傍にいるのはいつもよりおめかしをしたサンで、緊張を滲ませながら樹里の衣服をチェックしていた。

「ああー、これで本当に大丈夫でしょうか？　ほつれなどないでしょうか？　自分で仕立てたとはいえ、こんな立派な場で着ていただくなんて……」

サンはしゃがみ込んで樹里の着ている服を検分する。樹里は神話に出てくるような裾の長い純白の美しい服を着込んでいる。頭には神の子のお披露目の儀でつけたようなとんがり帽子にヴェールがつけたものを載せていて、首を振る時に気をつけなければならない。

「サンが作ったもんだろ。大丈夫じゃね？　つうか、もうちょっと花婿仕様にしてほしかったけど」

樹里は棒立ちで、ぼそりと呟いた。

モルガン討伐から一カ月が過ぎた。王都に着いた時の民の喜びようは今でも樹里の記憶に鮮やかに残っている。宿敵である魔女モルガンを倒したアーサーはまさに英雄だった。誰もが喜び、涙を流した。

そして帰還したアーサーは、樹里との婚礼の儀を発表した。王都は今、祝賀ムードだ。中でもサンが一番喜んでくれて、樹里の婚礼の儀の衣装は自分が仕立てると意気込んだ。子どもながらに器用なサンは、宣言通り素晴らしい衣装を仕立てた。だが樹里としては、いかにも花嫁っぽい格好が恥ずかしい。アーサーと結婚するのは受け入れるとしても、民の前でこんなに花嫁っぽい姿をさらすのが嫌なのだ。とはいえ今さら衣装の変更もできない。しょうがないので、小声で愚痴をこぼすだけにしている。

サンとああでもないこうでもないと言い合っていると、ノックの音がした。

「はいっ」

サンがこま鼠(ねずみ)のようにドアに駆けていく。ドアを開くと、そこには深い赤のマントと銀の甲冑(かっちゅう)を着こんだランスロットが立っていた。

「神の子……」

ランスロットは樹里の姿を見て、眩しげに目を細めて近づいてきた。樹里の前で立ち止まり、片方の脚を折って跪(ひざまず)く。

「私は騎士団第一部隊所属、隊長ランスロット。アーサー王の元まで神の子の先導を仰せつかりました。神の子、おめでとうございます。どうか、我が主のために、末永き幸せを……」

ランスロットは頭を下げて告げると、樹里の手をとって、甲に唇を押し当てた。そして切ない眼差しで樹里を見上げる。

「……私が誰を愛していたか、思い出すのはやめることにしました。私は愛する人の幸せを望むのみ……。それが一番よいのでしょう」

ランスロットは樹里だけに聞こえる声で言う。その瞳を見ていたら、ひょっとしてランスロットは記憶を取り戻したのかもしれないと思った。けれど樹里はランスロットの想い(おも)に応(こた)えることはできない。だからランスロットの言葉を額面通りに受け取った。

「さぁ、行きましょう。王も、民も待っております」

ランスロットは立ち上がると、静かに微笑んだ。ちょうど神官長のホロウもやってきて、樹里に祝いの言葉を贈る。

「いよいよですね」

サンは背筋を伸ばして目をきらきらさせる。

今日は樹里とアーサーの婚礼の日だ。神官長が錫杖(しゃくじょう)を鳴らすのを見て、樹里も覚悟を決めて歩きだした。


神官長であるホロウについて神殿から城に向かった。ホロウは錫杖を鳴らし、花を床に降らせながら祝いの歌を歌う。その姿を見ていたら、在りし日のガルダの姿が重なって少し胸が痛んだ。樹里の後ろには神官たちが続き、最後尾にサンとクロがいる。本来なら従者は参加できないのだが、樹里が無理を言って入れてもらった。先頭を歩くランスロットは、堂々とした佇(たたず)まいだ。神兵たちが長い列を作って見守る中、樹里たちは城に入った。

城の玉座の間まで行くと、そこには王冠を頭に載せたアーサーが待っていた。アーサーも正装で、きらびやかな衣装を身にまとっている。

玉座の間には大神官や騎士団の隊長を始め、名だたる貴族が顔を連ねている。もちろん、アーサーの母親であるイグレーヌ皇太后とグィネヴィアもいた。気になるのがマーリンの不在だ。アーサーの結婚式なのだから出席すると思っていたのに、姿が見えない。

「樹里」

アーサーは樹里を見て嬉しそうに頬を弛めると、白い手袋をはめた手を差し出してきた。マーリンがいないのは気になるが、樹里はその手をとって微笑んだ。

「美しい」

アーサーは樹里の頭からつま先まで眺め、感嘆した。そんなにストレートに褒められると怒れなくなる。容姿を褒められて怒って手を出していた自分が、変わったものだ。アーサーは樹里を抱きしめ、耳元に唇を寄せる。

「口を開かなければ、お前は間違いなくこの国で一番美しい」

からかうような声を聞き、樹里は蹴ってやろうかと睨みつけた。人前でなければ、一発お見舞いしたところだ。

「このように素晴らしい日を迎え、私も光栄でございます」

大神官は樹里たちの前に一歩進み出て、愛想よく微笑んだ。婚礼の儀は大神官が執り行う。今日の大神官は金糸の刺繍が施された分厚いコートを羽織っている。頭には樹里と似たとんがり帽子を被っているので、禿は隠れている。

無事帰還したアーサーに対して、自分の祈禱のおかげと言い回っていたのを思い出して笑いを堪えた。ユーサー王が生きていた頃はユーサー王に対する憎しみに凝り固まっていた大神官だが、今は別の喜びを見つけている。金だ。金を稼ぐことに意欲を燃やしている。大神官は商魂たくましい男なのだ。クーデターという愚かな考えは捨てたようだし、樹里としてはこのまま大人しくしていてほしい。

樹里とアーサーの後ろには豪華な椅子が二つ並んでいる。この国には指輪を交換するしきたりはないが、王妃となったら、樹里は常にアーサーの隣に座ることになる。

「では婚礼の儀を始めましょう」

大神官は分厚い本を取り出して名だたる人たちの前で、朗々と歌い始めた。大神官の歌声は初めて聞いたがとても美しい。大神官は神々に聞かせる歌を口にして、樹里たちの婚姻を承認させるそうだ。

婚礼の儀は大神官の歌と共に粛々と進められた。一時間ほどかけて儀式を終え、その場にいた人たちから「承認します」という言質をもらうと終了する。

「アーサー王、そして樹里王妃。心よりお祝い申し上げます。これにて、婚礼の儀を滞りなく終えたことを宣言します」

大神官がそう告げると、アーサーは樹里を抱きしめてキスをした。皆から拍手され、樹里は恥ずかしいやら照れくさいやらで赤くなった。

「さぁ、民に顔を見せよう」

アーサーは樹里を抱き上げるなり、意気込んで歩きだした。

「い、いやいや、歩けますけど？」

お姫様抱っこで登場とか、憤死する！　と樹里は抵抗したが、アーサーは楽しそうに笑ってバルコニーに向かった。民が待っているバルコニーに姿を現すと、下からわぁっという歓声が起こった。

「アーサー王万歳！　樹里王妃万歳！　キャメロット王国万歳!!」

今日は特別に城内に入ることを許された民たちが、大声で合唱する。アーサーの腕から下りると、樹里は高揚して下を覗き込んだ。王国中の民が集まったのではないかと思うくらい、人で溢れかえっていた。

「す、すげぇ」

樹里が息を呑んでいると、アーサーが不敵に笑って樹里の肩を抱いた。

「民が喜んでいる。もちろん、俺もな」

アーサーが樹里にキスをすると、民から歓声が起こる。アーサーは樹里を愛しげに見つめ、ふっと照れた顔で笑った。

「俺は生まれてからずっと、王家の嫡男として生きてきた」

アーサーの眩しい笑顔に樹里は吸い込まれそうになった。

「心から好いた相手と結ばれることなど考えたこともなかった。樹里、この国でずっと、俺と生きてくれるか？」

アーサーの手が樹里の手を握りしめる。樹里は胸が熱くなって、泣きそうになるのをごまかすように笑った。

「とっくに覚悟を決めてるよ！」

自分のいた世界を離れ、こんな遠くまで来てしまった。けれど後悔はない。元の世界を懐かしむことはあっても、この国でアーサーと生きていく決意は固まっている。愛する人といる幸せを知った今では、他のことなどたいした問題ではない。

「あれを見ろ！」

樹里とアーサーが微笑み合っていると、下から民の驚きの声が上がった。つられて東の空を見上げると、そこに白い光を見つけた。民もざわついて、息を呑んでいる。神々しい光がこちらに向かってくる。それはやがて、長い角を生やした白い馬と、光の使者だと分かった。一角獣が背中に乗せていたのは、妖精王だった。長い髪を揺らし、白いマントをたなびかせている。民たちは初めて見る妖精王に狂喜乱舞で、ざわめきは地響きのような感嘆の声に変わった。

妖精王はまっすぐに樹里たちのいるバルコニーにやってくる。

「よ、妖精王！」

妖精王を乗せた一角獣がバルコニーに降りると、樹里たちはいっせいに膝を折った。荊の冠を頭上に抱き、白く光るマントを羽織った姿——妖精王が近づいたとたん、むせかえるような花の匂いに包まれた。

「アーサー王、樹里」

妖精王は一角獣の上からじっと樹里たちを見つめる。妖精王の声はいくつも重なって聞こえ、その瞳は何もかもを見通すようだ。

「モルガンのこと、よくやってくれた。生命の理はあるべき形に治まり、すべての事象は書き換えられた」

妖精王はそう言って、わずかに表情を弛めた。笑っているのだろうか？

「だが一つ、謝らねばならないことがある」

妖精王はそう言って、着ていたマントの紐を弛めた。すると妖精王の腕の中から、少年が顔を出した。金色の髪をした、利発そうな顔の子どもだ。年齢は五歳くらいだろうか。あどけない顔で樹里たちを見つめる。

「まさか……」

アーサーが呆気にとられた顔で腰を浮かす。

「光の庭で育てたら、育ちすぎてしまった。許せよ」

妖精王はそう言って一角獣から降りると、子どもをアーサーの手に委ねた。アーサーは呆然として子どもを見やり、樹里を振り返る。樹里もあんぐりと口を開けて子どもを凝視した。

「父上、母上、初めまして」

子どもは幼い声で言い、ニコッと笑う。アーサーの子ども版みたいで、噴き出しそうになった。

めちゃくちゃ可愛い子どもだが、これはもしかして樹里たちの……。

「なかなか面白い子だ。私の花園を一つ、破壊してしまった」

妖精王は再び一角獣に跨ると、しれっと告げる。そ、それは一体……。樹里が突っ込みを入れる前に妖精王を乗せた一角獣が空に浮かぶ。

「キャメロットの民よ、これは我からの贈り物ぞ」

妖精王はそう言って指笛を吹いた。すると空に次々とケルピーが現れた。トリケラトプスに似た生き物で、上空から光の粒を吐き出してくる。

「僥倖だ！　拾え！」

アーサーがひょいと子どもを肩車して、バルコニーの手すりに身を乗り出す。民がわっと喜び、落ちてくる光の欠片を摑み始めた。ケルピーはたくさんの光の欠片をばらまいている。そのうちの一つをアーサーが手に摑み、樹里の口元に運ぶ。つられて口を開けると、甘い感触に頰が弛む。アーサーは次に摑んだ光の欠片を肩車している子どもに差し出した。

「僕、それもう飽きた」

子どもからの思いがけない返事に、アーサーは顔を引き攣らせて樹里を見た。

「おい、俺たちの子はとんでもない怪物かもしれないぞ」

樹里もそんな気がしてきて、顔を引き攣らせる。やってくるのは乳飲み子だとばかり思っていたので、まだ実感が湧かない。名前もまだ決めていないのに。

「アーサー王、樹里――いや、樹里様」

民たちが歓喜に湧いている中、樹里たちを呼ぶ声がした。そこにはマーリンがいた。

「マーリン、どこ行ってたんだよ？　あ、樹里でいいよ。今さら様とか……。それよりこの子、見てくれよ。アーサー・ジュニアなんだけど」

樹里はアーサーに肩車されている子を指差して、複雑な表情になる。突然現れた子どもにどう接していいか分からない。

「お初にお目にかかります。父上の魔術師、マーリンでございます」

マーリンは子どもを見るなり、深く頭を下げて挨拶した。

「マーリン。僕はルーサーです」

子どもはマーリンを見て胸を張って答える。なんと恐ろしいことに、樹里たちの子は自分で自分の名前を決めてしまった。確かにアーサーはガウェインかルーサーがいいと言っていたが。樹里が二の句が継げずにいると、アーサーは大声を上げて笑い出した。

「マーリン、ルーサーのことも頼んだぞ。俺と同じように、いや俺以上に忠誠を誓い、守ってくれ」

アーサーに笑いながら言われ、マーリンは慈しむようにルーサーを見た。

「御意」

マーリンはしばし、ルーサーと見つめ合う。

「どこへ行っていたのだ？　姿が見えないので案じていたぞ」

マーリンは談笑する貴族たちを横目で見やり、目顔でアーサーを廊下へ誘う。

「お祝いを申したいという者が」

マーリンに連れられて別の間に行くと、そこにフードを深く被り、黒いマントを羽織った二人の姿があった。樹里にはそれが誰だかすぐに分かった。

「母さん！　父さん！」

樹里の声に二人が振り返り、フードを下ろす。母の元気そうな顔を見て、樹里は涙ぐんで抱きついた。

「どうしてここに⁉　マーリンが⁉」

樹里はせっつくようにマーリンと父母を交互に見た。母が笑って頷く。父は黙って微笑む。姿が見えないと思ったらこんな粋な真似をするなんて、マーリンを見直した。

「結婚おめでとう、でいいのかしら？　なんだか複雑な気持ちだけど……っていうか、そ、その子！」

母はアーサーとアーサーの肩にいるルーサーを見やり、わなわなと震える。

「うん。あの時俺の腹にいた子らしい。でもまだ実感ねーんだよなぁ。気持ち的にはアーサーの連れ子って感じなんだけど」

樹里が正直な気持ちを吐露すると、アーサーに呆れた様子で鼻を摘まれた。

「何が連れ子だ。正真正銘、お前の子だろ」

「や、そうなんだけどー……」

樹里とアーサーが言い合っていると、ルーサーが顔をくしゃっとする。

「母上、ひどい」

「いや、その母上ってのやめて」

自分はあくまで男だと胸を張り、樹里は軽口を叩いた。母は興奮して身体を震わせている。アーサーが肩から下ろすと、母は「可愛い!!」と子どもを抱きしめた。

「なんて可愛いのかしら。私も欲しいくらい。孫に囲まれて暮らすのが夢だったのよねー。でも、いっそもう一人がんばっちゃおうかしら?」

母は意味深に父を見つめている。樹里は思わず噴き出して、顔を真っ赤にした。

「か、勘弁してくれよ！　もういい歳なんだから！」

「あら。がんばれば……ねぇ？」

母はすっかりこの場に馴染(なじ)んだ様子で樹里をからかう。改めて母を見ると、満ち足りた笑顔をしている。あれからどこでどうしていたのだろう。樹里の疑問には、父が答えてくれた。

「しばらくエウリケ山で暮らしていた。あの山はよく知っているからね」

父と目が合うと、樹里は少し不安になって眉を下げた。父はいつまで母といてくれるのだろう。母はこの先どうするのだろう。二人を王宮に招くことができるならそうしたいが、モルガンそっくりの母を民に知られて不信を招きたくない。

「心配しなくていいよ、樹里」

父は優しい笑みを浮かべる。

「次元越えの魔術のいいところは、自分がいたポイントに戻れるところだ。私は翠(みどり)と、この世界時に、私は自分がいた場所に戻ろう。一年か五年か十年か、あるいはもっと長くか……十分だと思った時に、私は自分がいた場所に戻ろう。何しろ、この世界に私はいない。だからこそ、いくらでも過ごせるんだ」

父の言葉を樹里は心の底から喜んだ。すぐ別れるのはつらすぎるが、父はそのつもりはないという。

「とはいえ、あまり老人になってから戻ると、元の世界で変に思われるかな」

父がふと気づいたように首をかしげる。

「お望みとあらば、私がよぼよぼの老人になった父上に若返りの術をかけましょう。その程度なら、たやすいものです」

マーリンは不敵な笑みを浮かべて請け負う。

「なんて頼りになるのかしら」

母は心から嬉しそうに笑っている。そんな母を見て樹里は胸が熱くなった。死んで十年経ってもなお、母の愛する男性は父一人なのだから。

「私もこの世界に順応してきたから心配しないで。それよりも急に子どもが増えた気がして戸惑うわ。ねぇ、マーリン」

母はルーサーをだっこしながら、マーリンにウインクする。マーリンは嫌そうに顔を背けた。

母の中にはモルガンの記憶が残っているのだと、その時分かった。けれど母はモルガンのように憎しみに囚われることはないだろう。誰よりも愛を知る人だ。

「……ガルダは、見つかった？」

樹里はもう一つ気になっていたことを父に問うた。父は表情を隠して首を横に振った。

「生きているのか死んでいるのかさえ分からないが……、見つけたら手を差し伸べるよ。あれも私の可愛い息子だ」

父は母からルーサーを受け取り、抱き上げて笑う。

「樹里に似て、とんでもないことをしでかしそうな目だ」

父はからかうように言う。いつ俺が、と思ったが、台風の日にしでかしたことを思い出すと黙るしかなかった。

「僕はアーサー王の息子、ルーサー。父上はこの大陸を統べる王になります」

父に抱かれた子どもが、誇らしげに告げた。樹里はハッと胸を衝かれて目を見開いた。

「モルガンのもたらした魔術は、今ここに解かれます‼」

ルーサーが高らかに告げ、小さな両手を天に掲げた。すると、その指先から金色の光が飛び出し、樹里たちは息を呑んだ。光は天井を通り抜ける。樹里はアーサーと顔を見合わせ、いっせいにバルコニーに駆けた。

バルコニーに出て空を見上げると、金色の光が四方八方に飛んでいくのが見えた。下にいる民たちにも見えたのか、どよめきが起こる。

光は国境付近の山まで一直線に届いた。まるでキャメロット王国が光に包まれているようだ。その光はすべての国境に虹のようにかかると、花火みたいに弾け飛んだ。

「今のは……」

アーサーは声を震わせて国境の山を見据える。

「王の子と神の子が真に結ばれし時、その子どもがこの国の呪いを解く……」

いつの間にかマーリンがやってきて、興奮を押し殺した声で言った。

「今こそ、呪いは解けた。キャメロット王国のアーサー王……、この先に待つあなたの運命に、私がお供することをどうかお許し下さい。あなたがどこまで駆け抜けるのか、この目で確かめたいのです」

マーリンは膝をついて、アーサーの前で胸に手を当てた。

アーサー・ペンドラゴンは、樹里の知っている世界の話ではイングランドを統一した王様だ。この世界に来て、違う点も多いからそれとは別の話だと思っていた。けれど、ひょっとして、アーサーは……、ここにいるアーサーは同じ運命を持つ男なのだろうか。

「その時はもちろん私もお供いたします。アーサー王、あなたのためならば、どんな困難な道をも切り開きましょう」

ランスロットが近づいてきて、マーリンの隣に膝を折る。

「大陸を統べる王か……」

アーサーは不敵に笑って国境の方面を見つめた。その先には隣国があり、今まで行くことができなかった世界がある。

「共に駆けるぞ！」

アーサーは目を輝かせて樹里の肩を抱くと、その場にいる者たちに声高く宣言した。

樹里はその横顔に見惚れ、この先に待ち受ける希望に満ちた未来に想いを馳せるのだった。

POSTSCRIPT

HANA YAKOU

こんにちは夜光花です。

とうとう少年神シリーズも完結です。最初に考えていた内容と違い、何故かハッピーエンドになりました。書いていると勝手に話が進む時があり、そういうものには逆らわないほうがいいと分かっているので、流れに身を任せたらびっくりするくらいすべて収まるところに収まりました。シリーズ通して明るくいい感じになったのでこれでよいのだと思います。

アーサー王物語を題材にしていたので、アーサーとマーリン、ランスロットの三人を書けたのがやはり楽しかったです。この三人はいくらでも書けそうです。マーリンは特に自分の望む未来を生きることができたので一番幸せなのかもしれません。アーサーの子を守るという使命も感じているみたいだし。

このシリーズ本当に楽しかったです。まさか七冊も書かせてもらえるとは思いませんでした。支えて下さった読者の皆様とシャイさんに感謝です。ありがとうございました。終わるのがとっても寂しいです。

しかし、実はまだ終わりではないのです。もう一冊アナザーストーリーとして続きます。『少年は神の子を宿す』という本の中に書いた、アーサーが死んだ世界の話です。ランスロットと樹里の話です。主軸とは別の世界の話なので、同人で出そうかと思ったのですが、シャイさんが書いていいよと言って下さいました。ありがたい。というわけなのでそちらもよろしくお願いします。

イラストを担当して下さった奈良千春先生。シリーズを素晴らしいものにしていただき本当にありがとうございました。毎回驚き

夜光花　URL　http://yakouka.blog.so-net.ne.jp/
ヨルヒカルハナ：夜光花公式サイト

と感動があり、脇キャラにまで光を当てて下さって足を向けて寝られません。生き生きとしたキャラに会えて、このシリーズが特別なものになりました。特に私は妖精王が好きでしたね。神々しいです。最終巻はあまり出番がなかったので、口絵に妖精王がいて嬉しかったです。長い間ありがとうございました。

担当様、温かい目で見守って下さり、ありがとうございました。

シリーズ続けて読んで下さった皆様、感謝、感謝です。無事終わることができました。感想などありましたらぜひ聞かせて下さい。

ではでは。次の本で出会えるのを願って。

夜光花

このたびは小社の作品をお買い上げくださり、ありがとうございます。
下記よりアンケートにご協力お願いいたします。
http://www.bs-garden.com/enquete_form/

少年は神の国に棲まう

SHY NOVELS347

夜光花 著

HANA YAKOU

ファンレターの宛先
〒101-0065 東京都千代田区西神田3-3-9大洋ビル3F
(株)大洋図書 SHY NOVELS編集部
「夜光花先生」「奈良千春先生」係
皆様のお便りをお待ちしております。

初版第一刷2017年10月24日

発行者 山田章博
発行所 株式会社大洋図書
〒101-0065 東京都千代田区西神田3-3-9大洋ビル
電話 03-3263-2424(代表)
〒101-0065 東京都千代田区西神田3-3-9大洋ビル3F
電話 03-3556-1352(編集)
イラスト 奈良千春
デザイン Plumage Design Office
カラー印刷 大日本印刷株式会社
本文印刷 株式会社暁印刷
製本 株式会社暁印刷

本作品はフィクションです。実在の人物・団体・事件とは一切関係がありません。
定価はカバーに表示してあります。
本書の一部、あるいは全部を無断で複製、転載することは法律で禁止されています。
本書を代行業者など第三者に依頼してスキャンやデジタル化した場合、
個人の家庭内の利用であっても著作権法に違反します。
乱丁、落丁本に関しては送料当社負担にてお取り替えいたします。

©夜光花 大洋図書 2017 Printed in Japan
ISBN978-4-8130-1315-0

SHY NOVELS
好評発売中

SHY NOVELS

少年は神シリーズ

夜光花 画・奈良千春

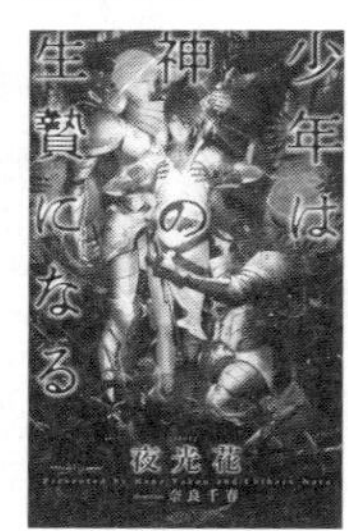

普通の高校生だった海老原樹里は、ある日、魔術師マーリンにより赤い月がふたつ空にかかる異世界のキャメロット王国に連れ去られ、神の子として暮らすことになった。そこで第一王子のアーサーと第二王子のモルドレッドから熱烈な求愛を受けることに。王子と神の子が愛し合い、子どもをつくると、魔女モルガンによって国にかけられた呪いが解けると言われているためだ。アーサーと愛し合うようになる樹里だが、いくつもの大きな試練が待ち構えていて!?

SHY NOVELS
好評発売中

薔薇シリーズ

夜光花

画・奈良千春

十八歳になった夏、相馬啓は自分の運命を知った。それは薔薇騎士団の総帥になるべき運命であり、宿敵と闘い続ける運命でもあった。薔薇騎士のそばには、常に守護者の存在がある。守る者と、守られる者。両者は惹かれ合うことが定められていた。啓には父親の元守護者であり、幼い頃から自分を守り続けてくれたレヴィンに、新たな守護者であるラウルというふたりの守護者がいる。冷静なレヴィンに情熱のラウル。愛と闘いの壮大な物語がここに誕生!!

SHY NOVELS
好評発売中

夜光花

画・水名瀬雅良

禁じられた恋を描いた大人気花シリーズ!!

堕ちる花

兄弟でありながら、一線を超えてしまった――

異母兄で人気俳優の尚吾に溺愛されている学生の誠に、ある日、幼馴染みから一枚のハガキが届いた。それがすべての始まりだった……!!

ある事件をきっかけに兄弟でありながら、禁忌の関係を持ってしまったふたりの前に、ある人物が現れ!?

俺はずっとお前を試してる――

姦淫の花

兄弟という関係に後ろめたさを捨てきれない誠と、抱けば抱くほど誠に溺れ、独占欲を募らせていく尚吾。そんなとき、父親が事故に遭ったとの連絡が入るのだが……

どうして俺たちは兄弟なんだろう――

闇の花

SHY NOVELS
好評発売中

夜光花

画・水名瀬雅良

赤い花の匂いが、兄と弟を狂わせていく……

鬼花異聞

俺は兄さんにも欲しがってほしいーー

四国で暮らす三門泰正の自慢の弟は、人気ミステリー作家の衛だ。ふたりには秘密があった。中学生の時、ある花の匂いのせいで理性を失い、禁じられた行為をしてしまい……!?

兄と弟でありながら禁忌の関係を持ってしまった泰正と衛。けれど、幼馴染みにその関係を知られて!?

なんでも許してくれるんだね、兄さん

神花異聞

編集者の将とその弟・幸司は血の繋がりはないが、特別な絆で結ばれていた。だから、夜、幸司が将にキスや愛撫を仕掛けてきたときも、将は寝たふりをしていたのだが……

俺のものになれよ、俺だけを見てくれ

かくりよの花

SHY NOVELS
好評発売中

おきざりの天使

夜光花

画・門地かおり

17歳の高校生・嶋中圭一は、毎朝、従兄弟の徹平とともに登校する。最近はクラスメイトで生徒会長の高坂則和と電車で一緒になることも多かった。その朝も、圭一はいつものように高坂と一緒になった。ただ、一週間前のある出来事以来、圭一は高坂のことを強く意識するようになっていた。密着する身体をこのままでいたいと想ったり、離れたいと願ったり…　だが、平穏なはずの一日は不穏な何かに包まれ!?

Atis CollectionよりドラマCD好評発売中!!（2017年